Carmen Stephan

IT'S ALL TRUE

Roman

S. FISCHER

Dieser Roman wurde mit einem Literaturstipendium
des Freistaats Bayern 2016 gefördert.

*

Danke, allen auf dem Floß.

*

Erschienen bei S. FISCHER

© 2017 S. Fischer Verlag GmbH,
Hedderichstr. 114, D-60596 Frankfurt am Main

Satz: Dörlemann Satz, Lemförde
Druck und Bindung: GGP Media GmbH, Pößneck
Printed in Germany
ISBN 978-3-10-397305-1

Mit Zia

Für meine Mutter

Unter dem Stein. Unter dem Singen der Vögel. Unter dem Schreien der Kraniche. Unter dem Moos. Unter dem Licht. Unter dem Tau auf See und Schilf. Die Wahrheit schien mir wie ein fein gewebtes Netz, das unter allem lag. Und die Menschen sahen es nicht. Sie sprachen von dem, was wirklich ist. Aber es war nicht das Wirkliche. Die Wahrheit war tiefer. Sie hatte einen Grund.

Warum dieses hauchzarte Netz gerade in der Geschichte von Jacaré und Orson Welles für mich sichtbar wurde, kann ich nicht erklären. Aber ich kann sie erzählen. Die Geschichte vom armen Fischer aus dem Nordosten Brasiliens und dem großen Regisseur aus Nordamerika. Sie trafen sich im März des Jahres 1942 in Rio de Janeiro. Orson Welles nannte Jacaré einen Helden. Jacaré nannte Orson Welles in der kurzen Zeit, die sie gemeinsam auf der Erde verbrachten, *bebê chorão*. Weil er fand, der Regisseur mache ständig ein Gesicht wie ein Säugling, der gleich zu heulen anfängt.

Wenige Monate zuvor war Jacaré mit drei anderen Fischern von Fortaleza bis nach Rio gesegelt, um den Präsidenten des Landes um Hilfe zu bitten. Vier Männer auf einem Floß. Barfuß, ohne Kompass, geleitet nur von den Sternen. 2381 Kilometer, 61 Tage über das Meer. Im fernen Amerika saß Orson Welles vor einer Zeitung, las mit offenem Mund über ihre Odyssee und beschloss, sie nachzufilmen: »It's all true« sollte der Film heißen. Eine der ersten Szenen war die glorreiche Ankunft der vier Fischer an der Küste von Rio. »Ich will, dass ihr es genau so macht, wie es war«, sagte Orson Welles hinter der Kamera, zu Jacaré, dem Anführer. *Ich will, dass ihr es genau so macht, wie es war.* Als sie nun ihr Floß mit dem Segel in ungestümer See auf den Strand zusteuerten, ihn fast erreicht hatten, kam eine hohe Welle und riss Jacaré von Bord. Er verschwand im Meer – und wurde bis heute nicht gefunden.

Orson Welles drehte »It's all true«. Ohne Jacaré. Mit Jacaré. Für Jacaré.

Der Film blieb ein halbes Jahrhundert lang verschollen. Alle, die so verzweifelt nach einer Wahrheit suchten. Die Kinder, die sagten, vielleicht haben sie Jacaré nach Amerika gebracht. Die Fischer, die sagten, vielleicht haben sie ihn umgebracht. Was ist auf den Filmbändern zu sehen. Alle, die redeten. Und dabei das Netz nicht sahen, das Jacaré und Orson Welles freigelegt hatten. Unter dem Schreien der Kraniche. Unter dem Moos. Unter dem Licht. Ich will es euch zeigen.

*

Es waren zwei Pflanzen. Die eine war eine dunkelbraune Liane, die in starken Windungen nach oben drängte. Die andere war ein stiller Strauch mit grünen Blättern. Die Pflanzen wuchsen an unterschiedlichen Stellen im Wald. Doch gehörten sie zusammen. Die Pflanzen wussten das. Was die Menschen fanden, war nur das Wissen dieser Pflanzen. Seine Eltern lernten sich kennen, als sie einen Tee tranken, der aus der Liane und den Blättern gekocht wurde. In den Blättern war alle Weisheit verborgen. In der Liane die Kraft, diese Tür zu öffnen. Trank man den Tee, konnte man nichts mehr vor sich verschleiern, nichts mehr vergrößern, nichts mehr verkleinern. Man sah die Dinge, wie sie waren. Eines Tages fuhren die Eltern in den Wald, in dem die Pflanzen wuchsen. Die Mutter pflückte die Blätter, und der Vater schlug die Lianen ab. Den daraus gewonnenen Tee brachten sie nach Hause. Sie tranken ihn während seiner Geburt. Und in der Kraft der beiden Pflanzen kam er auf die Welt.

Jacaré wuchs am Praia de Caponga auf. Mit ein paar Strichen zeichne ich euch das hin. Die Baumstämme, die Jangadas, die Palmen, das Meer. Ihr hört das dumpfe Klopfen, wie im Film von Orson Welles, die Männer zimmern die Jangadas. Vor den Hütten mit den Schilfdächern seht ihr die Frauen sticken. Jetzt ist es ein Stummfilm. Ihr seht, wie die Männer ihre Beine in den Boden stemmen, das schwere Floß auf das Meer schieben, hinaufspringen, sich aufrichten. Im Aufrichten lag alles. Wie die Kinder am Strand stehen bleiben. Sich auf den Bauch ins Wasser legen.

Nachschauen, bis der Punkt kleiner und kleiner wird. Der Vater, das war ein Floß mit einem Segel, das verschwand. Manchmal musste der kleine Jacaré mit hinaus. Es stürmte oft, dann übergab er sich, und sein Vater band ihn mit einem Strick am Holzmast fest. Sonst fiele er ins Meer.

Jacaré wurde als Manoel Olímpio Meira geboren, aber seine Eltern nannten ihn *Jacaré*, weil er schon als kleines Kind ein ähnlich zerknittertes Gesicht wie ein Krokodil hatte. Er lachte viel. Jacaré hatte einen direkten Zugang zur Welt. Die Dinge waren für ihn unverstellt. Manchmal blieb er im flachen Wasser sitzen. Er sah das Meer auf sich zukommen. Das Meer, lauter, stärker, er wusste nicht, woher es kam, es war Leben, und es war Geheimnis. Die Wellen schlugen hart gegen seine Knie, umspülten ihn, zogen sich zurück und kamen wieder. Stundenlag konnte er da sitzen, das Salz in der Luft schmecken, das Zischen des Wassers hören, den Kreisen folgen, die das Wasser gab und nahm. Und nie würde er wissen, woher sie kamen und warum sie kamen. Wer der Autor dieser Kreise war. Nie würde er das wissen. Und dieses *Nie*, das war doch schon der Beweis für die Unendlichkeit. Das Unendliche gab es. Der Himmel, das Meer, der Wind, alles schob ihn ständig in die Weite, während er auf einem Fleckchen Sand saß. Gott war das niedrigste Wort für das, was er nicht kannte. Das Gesetz hinter dem Gesetz. Das Geheimnis hinter dem Geheimnis. Es war für ihn das Einfachste, das Logischste. Es fing doch schon mit dem Leben an. Man wird geboren. Man bekommt das Leben. Wenn man etwas bekommt, musste es jemanden geben, der es einem gab. Der einem das Erscheinen auf der Welt … bewilligte. Gab es da niemanden? Auch niemand war jemand. Und weil Jacaré das alles so stark und grenzenlos spürte, ihm zugleich der Magen knurrte und er wusste, er würde heute Abend wieder nur zwei Gabeln vom Fisch bekommen, lief ihm manchmal eine Träne über die Wange. Dann wischte er sie weg. Das hatte ihm seine Mutter so eingebläut. Man weint nicht. Niemals. Er wischte also die Träne weg, sobald er sie heiß auf seiner Backe spürte. Sogar wenn er alleine war. Wischte er. Und dann dachte er, wie sehr sie doch gefangen waren, in diesem Wischen, diesem Nicht-Zeigen, nicht mal vor sich selbst. Wie eng sie ihre Welt machten, während ihm die Natur in jedem Augenblick versicherte, wie weit sie war.

Jacaré war neun Jahre alt, als sein gleichaltriger Cousin Pedro im Meer ertrank. Seine Mutter stand im Eingang der Schilfhütte, eine Tür gab es nicht. Weil sie auf ihn wartete, wusste er, dass etwas geschehen war. Jacaré ging in langsamen Schritten vom Strand herauf, er spürte, wie der Sand jeden Fuß umschlang wie flüssiges Blei. Als es noch zwei Schritte zu ihr waren, sagte sie: »Pedro ist tot.« Er schaute sie mit den großen Augen der Kinder an, in die noch alles ungeschützt hineinfloss und drinnen blieb. Er sprach mit niemandem, weil niemand mit ihm sprach, und er wusste nichts von so einer Situation. Er suchte sich Schilf, bastelte daraus ein Männchen und färbte es mit Kohle schwarz.

Jacaré ging an der Hand seiner Mutter zur Hütte der Tante. Hörte seine Tante schreien, laut und grell, der Schrei fand kein Ende. Seine Kehle schnürte sich zu. Er wusste nicht, wohin er schauen sollte, also schaute er hinaus auf das Meer. In die Ferne. In den Augen seiner Mutter stand die Verzweiflung, aber auch am nächsten Tag, die nächsten Tage, sprach sie nicht mit ihm. Über das, was passiert war. Sie machte einfach weiter, als sei nichts passiert.

Er hatte doch zwei Ohren, er hatte zwei Augen, er hatte einen Mund. Es war das erste Mal, dass er das spürte, ohne sich dessen bewusst zu sein: Wenn die Menschen nicht wahr zueinander waren, waren sie nicht mit ihren Herzen verbunden. Das Herz seiner Mutter schlug. Sein Herz schlug direkt daneben. Aber sie waren getrennt. Sie waren auf zwei Lichtjahre voneinander entfernten Planeten, weil sie nicht wahr zueinander waren. Die Wahrheit verbindet alles.

Verbunden sein, wenn er hinausfuhr. Das wollte Jacaré, als er selbst ein Fischer wurde. Seinen Kindern sagte er, sie sollen am Strand mit der linken Hand eine Faust ballen, sobald sie den Punkt am Horizont nicht mehr sahen. Er würde in diesem Augenblick das Gleiche tun, wenn er die Punkte, die seine Kinder waren, nicht mehr sah. Seiner Frau Josefina sagte er, sie solle den Mond anschauen, wenn er tagelang auf dem Meer fischte. Er würde das Gleiche tun, und so traf sich doch ihre Liebe auf dem Mond. Er gab ihr eine Muschel, an der sie nachts das hören konnte, was er hörte. Später, als Jacaré im Meer verschwunden war, hielt ihr Sohn Francisco seiner schlafenden Mutter manchmal die Muschel ans Ohr. Ohne dass sie das wusste. Es ging auch nicht darum, dass sie es wusste, es ging nur darum, dass er es tat.

Sie hatte Augen wie Steine. Das Erste, das Jacaré auffiel, dass ihre Augen die Farbe von Steinen hatten. Sie kam aus dem *Sertão*. Dürre Äste, trockene Blätter, Kakteen wie Anklagen. Hier trieben die Viehhirten ihre Rinder in die sengende Weite, auf der Suche nach ein paar Büscheln gelbem Gras. Auch Josefinas Vater war Viehhirte. Nur trieb er nicht die Rinder, sondern seine fünf Kinder hinaus in die Steppe. Er hatte einen Stock dabei und ließ sie gehen. Tagelang, ohne Wasser. Die zehnjährige Josefina band sich die zweijährige Schwester auf den Rücken, die nicht mehr weitergehen konnte. Das Sinnlose dieser väterlichen Tat lebte tief verborgen in Josefina ein Leben lang als Schrecken weiter.

Josefina war glücklich mit Jacaré. Auch wenn sie am Praia de Iracema in der Misere lebten. Die Jangadeiros hatten keine Rechte. In ihrem Land existierten sie nicht. Die Sonne vernarbte ihre Augen, blind mussten sie bis zum Lebensende weiterfischen, weil sie keine Rente bekamen. Hatten die vier Männer mit dem Faden in der Tiefe zwölf Fische gefangen, mussten sie die Hälfte dem Besitzer der Jangada geben, wie Leibeigene. Die anderen sechs teilten sie unter sich auf. Jedem blieben eineinhalb Fische. Ein Fisch und ein halber Fisch. Das war nicht genug, um neun Kinder zu ernähren. Also hungerten sie. Im Hunger suchten sie Gott. Manche Jangadeiros waren irgendwann mit ihren Kräften am Ende, ließen sich draußen, auf wilder See, ins Wasser fallen. Dann brauchte die Familie wenigstens keine Beerdigung zu bezahlen. Oder sie gaben sich mit dem Messer, mit dem sie die Eingeweide der Fische ausnahmen, den letzten Stoß. Für Jacaré war das kein Weg.

Warum hat der Mensch zwei Hände. Damit die eine die andere halten kann. Bevor er mit seiner Hand näht, fängt, streichelt, schlägt, mordet, hält die eine die andere. Das ist das Erste, was der Säugling bewusst mit seiner Hand greift: seine andere Hand. Dafür ist sie da. Das darf er nicht vergessen. Die eine Hand kann die andere nehmen, den ganzen Menschen daran hochziehen, bis er wieder aufrecht steht. Wenn nichts mehr geht. Wenn von nirgendwo mehr Hilfe scheint. Gibt es noch die andere Hand. Die einfachste der Wahrheiten. Das schönste Geheimnis. Der wichtigste Schlüssel. Die Männer, die sich umbrachten, hatten das vergessen in ihrem Leid. Dass ihre eine Hand die andere nehmen kann. Stattdessen benutzen sie ihre eine Hand, um die andere zu töten. Sie wollen ihren Geist auslöschen, die Unwissenden. Wer ist das, der mit seiner eigenen Hand das Messer an den eigenen Hals setzt, die Waffe an den eigenen Kopf hält und sagt: Du bist es nicht mehr wert, zu leben. Wer ist das. Wer hat seine andere Hand vergessen. Wer hat seine andere Hand verlassen.

Mit Josefina sprach er oft darüber, was zu tun sei, wozu seine Hände auf der Welt waren. Es war nicht zu ertragen, wenn einer den letzten Fisch des anderen stahl, nachts das Wimmern der Kinder, wenn sie vor Hunger nicht schlafen konnten. Jacaré zerbrach sich den Kopf nach einer Lösung. Er hörte Josefina zu. Weil sie Dinge sehen konnte, die er vielleicht übersah, die nur sie spürte, weil sie ihn liebte, sie ihm deshalb ehrlich sagte. So war für ihn eine Beziehung zwischen Mann und Frau: Der eine muss der Scheinwerfer des anderen sein.

Sollen sie die Arme verschränken? Die Arbeit niederlegen? Streiken vielleicht? Den Kopf einziehen und stumm weiterfischen? Jammern und klagen? Jacaré suchte nach einem Ausweg, der höher war. Dann kam der Abend, der ihm eine Antwort brachte, die so weit am Rand von allen Möglichkeiten lag, die so absurd, gefährlich und ausgeschlossen war, dass er sie nahm.

Es war ein ganz normaler Abend, ein blassroter Himmel, als Jacaré und Josefina sich mit ihrem jüngsten Kind, das noch ein Baby war, auf den Weg machten. Hinaus aus dem Dorf, einen staubigen Feldweg entlang, der sie wegbrachte, zuerst von den Stimmen, den Menschen, dann von den Tieren, zuletzt vom Rauschen des Meeres. Sie trafen sich mit einer Gruppe von anderen Dorfbewohnern, Freunden, vierzig Menschen waren es wohl. In einem offenen, großen Schuppen, umgeben von Wald, dahinter erhob sich still eine Düne. Sie suchten Antworten. Also stellten sie Fragen. Das war der einzige Weg, den die Antwort nehmen konnte: über die Frage. Sie brachten ihr letztes Hab und Gut, um es hier zu verstecken.

Über dem Schuppen, ein paar Stufen die Treppe hinauf, ein kleines Zimmer, eine Matratze auf dem Boden, dort legte Josefina das Kind schlafen. Sie blieb bei ihm, legte ihre Hand auf seinen Rücken. Bis es tief und ruhig atmete. Bis sie sein ganzes Leben in ihrer Hand spürte. Dann legte sie sich neben ihm in die Hängematte. Von unten drangen die Stimmen zu ihr herauf. Die Leute saßen im Kreis, einer redete, die anderen hörten zu. Durch ein kleines Fenster schien der volle, silberne Mond. Und ich erzähle all das Belanglose nur, um nicht zum Eigentlichen zu kommen. Denn von wo aus erzähle ich das. Wo stelle ich mich hin und sage: Schaut her, was in dieser Nacht passiert ist. Wir müssen das Unbegreifbare verstehen. Aber das Unbegreifbare will uns nicht hören.

Erst als die Sitzung schon fast zu Ende war, stand Josefina auf, um hinunterzugehen. Sie wusste, das Baby würde bald aufwachen, um an ihrer Brust zu trinken. Aber ich höre ja, wenn es schreit, dachte sie. Wenn sie hier die Stimmen von unten hört, hört sie unten auch seine. Also ging sie, den Mond im Rücken spürend, durch den Garten in den offenen Schuppen hinein, setzte sich neben Jacaré. Der flüsterte ihr ins Ohr, dass er gleich etwas sagen wolle. Sie nickte, lächelte ihn an. Von links hinten, auf einmal, ein Schrei, ein Erschrecken, ein Luftanhalten. Als würden im Weltall Stühle umfallen. Stühle, die die Erde halten. Es war, als würde das ganz weit entfernt geschehen, so gewaltig war es und gleichzeitig so nah. Zwei, drei Männer kommen herein, mit Tüchern maskiert, jeder eine Waffe in der Hand.

Auf den Boden. Das hört sie, das verbreitet sich. Aber das glaubt sie nicht. Sie blickt ihren Mann an, der schon aufsteht, um sich hinzulegen. Sie steht auch auf, aber sie sagt: »Nein«. Sie fühlt »Nein«. Als gäbe es noch einen Weg hinaus aus dieser Situation. Jacaré legt sich auf den Boden. Sein Blick sagt: »Es ist jetzt so.«

Alles fällt. Jeder Schutz, jede Fassade. Sie lässt sich sinken, umschlingt ihn unter der Brust, gräbt ihr Gesicht in seinen Bauch. Sie hört die Männer schreien, vier, fünf müssen es sein, in einer kalten Gewalt. Was wollen sie. Sie haben doch nichts. Die ihr Gesicht nicht zeigen, stoßen die Menschen mit den Füßen, nehmen ihnen das Letzte ab, das ihnen blieb. Den Ehering, die Silbermünzen. Sie gehen von einem zum anderen, halten die Waffe an den Kopf. In den Rücken. Sie spürt, wie das Böse im Nacken dieser Männer sitzt, wie es auf deren Rücken hereingeritten kam, den ganzen Raum erfüllt. Sie denkt an ihr Baby, wie es oben liegt und schläft, jeden Augenblick von dem Gebrüll wach werden kann. Der Wunsch, zu ihm zu rennen, es zu halten, zerreißt sie fast. Warum war sie nur von ihm weggegangen. Nun war der Zugang versperrt. Felsbrocken vor einer Tür. Wie sollte sie hier wegkommen. Es waren nur ein paar Meter. Aber jetzt war sie gefangen. Ihr Kind dort oben war nun alleine auf der Welt, und seine Welt war riesengroß geworden. Ohne dass es das wusste. Endlos ziehen sich die Minuten. Wenn einer sich bewege, ruft einer der Männer, würden sie alle erschießen.

Wer spricht. Für wen.

Wer droht. Für wen.

Wer schreit. Für wen.

Wer schlägt. Für wen.

Wer hält seine Waffe an ihre Köpfe. Für wen.

In diesem Augenblick verstand sie etwas Einfaches. Im ganzen Universum gab es nur zwei Mächte. Jetzt war die böse umfassend in ihr Leben getreten. Ihr Rücken lag offen da, wenn jemand wollte, konnte er eine

Kugel hineinjagen. Was tun wir jetzt mit unserem Rücken? Fluten wir ihn mit unserer Angst? Spannen wir seine Muskeln an, bis sie uns erdrücken? Wir können uns nicht schützen. Das Einzige, was wir tun können, ist, die andere Tür aufzureißen. Uns der anderen Macht zuwenden. Das Einzige. Was wir können. Wir reißen die Tür auf, lassen das Licht in unseren Rücken strömen. Wir füllen ihn so mit Licht an, dass der ganze Körper nur noch Licht ist. Wir rufen das Licht von der Sonne, von allen Sternen, wir sind mit diesem Licht. Josefina nahm die anderen kaum wahr. Weil alle eins waren. Alle auf dem Boden. Sie spürte das Herz von Jacaré in ihrer Schulter schlagen. Und sie spürte ihr Herz, viel schneller, in seinem Bauch schlagen. »Ruhig«, flüsterte er ihr zu, »atme.« Im Augenwinkel eine Waffe, einer der Männer kam näher, er war direkt neben ihr. Wieder dachte sie an ihr Baby, wieder zerriss es sie. Es musste Hunger haben, jeden Augenblick aufwachen. Was passiert dann? Wach nicht auf, betete sie. Ich bin bei dir. Wach nicht auf. Sie möchte es riechen und halten. Nur das. Riechen und Halten. Gleichzeitig fürchtet sie, gerade ihr Verlangen könnte ihn aufwecken. Was, wenn sie ihn nie mehr halten kann. Was, wenn seine Eltern sterben, er hier zurückbleibt. Was, wenn sie ihn hören. Was, wenn sie ihn finden.

Schnell verdrängte sie diesen Gedanken. Sie wusste,

dass alles sich änderte. Dass es nicht so blieb. Es ging schon unerträglich lange in der gleichen dunklen Aggression dahin. In jeder Handlung, jedem kleinsten Händeschütteln, war eine Dramaturgie verborgen. Eine Zuspitzung, eine Veränderung, das Wissen, dass es irgendwann vorbei sein würde. Sie werden nicht in dieser Situation bleiben. Sie würden vielleicht in ihr sterben oder sie überleben. Aber sie werden nicht in ihr bleiben. Irgendwann würde es vorbei sein. Das Ende gab es schon. Die kalte Gewalt in ihren Stimmen, wie sehr sie uns erfassen will. Was, wenn sie eine von uns Frauen vergewaltigen?

Wir waren weit weg von allem.

Von allem.

Sie konnten tun, was sie wollten.

Was sie wollten.

Josefina wusste, dass Gedanken wie diese, ihre Angst, Teil dieser anderen Macht wurden. Und sie wollte sie ihnen nicht geben. Sie wollte ihnen nicht ihre Kraft geben. Also machte sie das Licht stärker. *Komm. Bitte, komm! Komm.* Sie hüllte sich und Jacaré in Licht, sie hüllte das Baby in Licht, sie hüllte ihre anderen Kinder in Licht, die in Sicherheit waren, zu Hause. Wenn die Angst wiederkam, rief sie lautlos weiter. Wieder und wieder. Stärker und stärker. Sie hörte nicht auf damit. Da ging der, der hinter ihrem Rücken stand, an ihr vorbei, ohne sie zu berühren. Ohne die Waffe an sie zu legen. Sie sieht das Baby vor sich, wie es atmet, schläft, den Flaum auf seinem Kopf, die kleinen Hände ruhig, und schickt ihm ihre ganze Kraft. Es spürte, dass sie bei ihm ist. Das Kind musste das spüren. Und dann kam die Zuspitzung, von der sie wusste, sie würde die Richtung entscheiden. Eine Stunde mochte auf dem Boden vergangen sein. Da hörte sie, wie zwei der Männer mit den Füßen auf einen Jungen eintraten, immer härter. Neben ihr rief jemand:

»Hört auf! Banditen!«

»Wer war das?«

Er hob die Hand. Nun griffen sie den Mann heraus. Da hörte sie ein Wimmern. Kam es von oben? Bis sie merkte, dass es eine Frau neben ihr war. Das Kind. Was, wenn einer der Männer schon längst zu ihm hochgegangen war, es genommen hatte. »Atme, Josefina, atme«, sagte Jacaré zu ihr. »Wir sind beschützt, und das Baby ist auch beschützt.« Und dann glaubte sie es, nahm einen langen tiefen Atemzug, der sich mit allem und allen verband, sah das Warme, Helle, das sie ausatmete. Und sie ließ sich fallen in ein tiefes Vertrauen, das stärker und gewaltiger war als alles, was sie jemals auf der Welt empfunden hatte.

*

Jacaré sitzt in seiner Hütte. An der Wand hängt ein Messer. Aber wir ziehen es nicht. Es steckt in einem Stück Leder. Aber wir ziehen es nicht. Sein Griff ragt heraus. Aber wir ziehen es nicht. Von diesem Messer aus in diese Nacht, als sie hereinkommen, als wir zu Boden sinken. Der böse Hauch hing in ihren Nacken. Und sie wussten es nicht. Nicht mal als sie gingen, mit ihrem lächerlichen Diebesgut über die Düne zogen, wussten sie es. Dass sie es nicht für sich selbst taten. Für ihr Glück. Für ihr Überleben. Sie raubten nicht uns aus. Sie erniedrigten nicht uns. Sie bedrohten nicht unser Leben. Sie schlugen nicht uns. Sie taten es nicht gegen uns.

Sie taten es nicht für sich. Sie taten es bloß für diese böse Macht. Sie waren ihre Instrumente, mehr nicht. Und sie wussten es nicht einmal.

Denn sie wissen nicht, was sie tun.

Hier endet die Geschichte.

Nein, hier fängt sie an.

Jacaré steht auf, streicht Josefina über den Kopf, geht hinaus, durch den Sand. Alleine bleibt er am Meer sitzen. Schaut den großen Mond an. Was würde seine Antwort sein. Es schien, als hätte ihm jemand eine monströse Frage gestellt. Was würde seine Antwort sein. Es musste eine geben. Und keine Antwort wäre die lauteste von allen. Es musste eine geben, die höher war als das, worunter sie hier jeden Tag litten, als das, was sie letzte Nacht erlebt hatten. Auf dem Boden hatten sie gelernt, dass es keinen Boden gibt. Nichts, das sie hält. Also mussten sie selbst etwas tun. Sie mussten sich selbst einer anderen Kraft anschließen. Dieselbe Kraft, die er vom Meer kannte, die er auf dem Meer unter seinen Füßen spürte. Da kam ihm der Gedanke. Und dieser Gedanke war es, der seinen Weg und den von Orson Welles nun für immer auf einer Karte einzeichnete. Als einen Weg.

*

In der Kindheit von Orson Welles, so schien mir, war nichts unverstellt. Er hatte eine Mutter, die ihm mit Shakespeare-Zitaten das Lesen und Schreiben beibrachte. Die ihn in eine Welt der Verse entführte wie in eine Schneekugel. Man sagt, er habe als Dreijähriger das erste Mal in einer Oper mitgespielt. Man sagt, er wollte sich als Sechsjähriger vom Balkon stürzen, um nicht Klavier üben zu müssen. Man sagt, an seinem Abendbrottisch saß Caruso neben einem weltberühmten Magier. Sein Vater, ein Erfinder, verließ die Familie früh. All diese Dinge stapelten sich vor seinem Geist. Wie konnte jemand, der so eine komplizierte Kindheit hatte, sich selbst kennen?

Kannte er sich selbst?

An seinem neunten Geburtstag, wenige Tage bevor seine Mutter starb, rief sie ihn an ihr Bett. Ihr Gesicht im Kissen gelb, die Augen matt. So sieht er sie zum letzten Mal, bevor sie das Licht ausknipsen lässt. Neun Kerzen brennen auf seiner Torte.

»Sie sind ein Feenring, sagte sie. Du wirst in deinem Leben alles bekommen, was du willst. Aber du musst heftig blasen, sagte sie, und du musst sie alle ausblasen. Und du musst dir etwas wünschen. Ich blies mit aller Kraft. Und plötzlich war der Raum dunkel, und meine Mutter war für immer verschwunden. Manchmal in den nächtlichen Totenwachen kommt mir der Gedanke, dass von all meinen Fehlern der größte der war, dass ich mir an diesem Geburtstag, kurz bevor meine Mutter starb, nichts gewünscht habe«, so schrieb der alte Orson Welles es selbst nieder.

Und der 6. Mai 1942. Blies er alle Kerzen aus? Was wünschte er sich an diesem 27. Geburtstag, wenige Tage, bevor Jacaré vor seinen Augen in der Tiefe des Meeres versank?

*

Jacaré erzählte zunächst niemandem von seiner Idee. Stattdessen fing er an, Lesen und Schreiben zu lernen.

Er wusste, sollten sie diese Fahrt wirklich machen, musste es einen geben, der sie aufschreiben konnte. Nur das Erzählte gibt es. Nur das Erzählte ist geschehen. In der Siedlung oben, wo die Häuser schon richtige waren, wohnte eine Lehrerin. Jacaré zählte die Palmen zu ihrem Haus, an der achten ging er zur Tür hinein. Er offenbarte der jungen Frau seinen Traum, sie versprach, ihm zu helfen. Jeden Abend, nachdem er die Fische ausgenommen hatte, machte er sich auf den Weg und ließ sich zeigen, wie man das Alphabet malt. Alles beginnt mit einem A. Von dort aus geht es hinaus, in einen Wald voller Buchstaben, die man wild verschieben, neu zusammensetzen, überspringen kann. Deshalb braucht das A nicht das B. Das A braucht das Z. Das A braucht den geschlossenen Kreis, innerhalb dessen man alles erschaffen kann. Das Schreibenlernen war, als würde er noch einmal neu geboren. Als würde er mit etwas in sich selbst in Kontakt kommen, von dem er bislang nicht gewusst hatte, dass es existierte.

Schreibe in deiner eigenen Sprache.
Lern deine eigene Sprache kennen.
Lern dein Herz kennen.
Lern deine Hand kennen.
Lern deine Sprache kennen.

Das waren seine ersten Sätze, die er zitternd zu Papier brachte.

Eine Geschichte der Hand wollte er schreiben. In die Hand schnitt ihm das Seil der Jangada jeden Tag tiefe Wunden. Mit seiner Hand schlug er die großen Fische tot. Man sah einer Hand an, wenn sie viel geschlagen oder geschuftet hatte. Das Streicheln, das Halten einer anderen hinterließen keine Spuren. Fasste man die eigene Hand an, spürte man die Knochen, die Wärme, das Feste, Bewegliche. Fasste man die Hand eines Anderen an, spürte man ungleich mehr. Ein Klopfen, ein Vertrautsein, eine Unsicherheit. Bloß war das nicht die andere Hand, die das aussandte. Man war es selbst. Man gab das in diese andere Hand hinein. Fortan lebte sie damit weiter. Weil Hände speichern.

*

Es vergingen zwei Jahre, in denen scheinbar nichts geschah. Jacaré machte einen Plan für die Route, zeichnete die wichtigen Sterne und Häfen darauf ein, schrieb eine Liste von den Dingen, die sie brauchen würden. *Mandioca*, Wasserfässer, Lampion, Bindfaden, Seile, Messer. Wo ihm die Worte fehlten, malte er ein Bild. Er fischte weiter, lernte weiter schreiben. Außen geschah wenig. Innen reifte die Frucht. Die Frucht war das Geheimnis.

Auf dem Weg zur Lehrerin kam Jacaré an einem Plakat vorbei, das an einer Palme hing. Es zeigte das ernste freundliche Gesicht von Getúlio Vargas, dem Präsidenten. Getúlio, *o pai dos pobres*, Getúlio, der Diktator im Frack, der alle im Land vereinen wollte. Je öfter Jacaré den Mann auf dem Plakat sah, desto vertrauter wurde er ihm. Bis er anfing, ihn zu grüßen.

Die Nächte in der Hütte. Jacaré in seiner Hängematte, roch, hörte es nicht nur, das Rauschen, das Dröhnen, das Anschwellen, das Abschwellen. Es war diese unerträgliche Anspannung in der Luft, im Wasser, die sich auf seinen Körper übertrug, ihn nicht schlafen ließ. In seinen Gelenken war das Meer. In seinen Knochen war das Meer, in seinem Blut war das Meer. Er ging hinaus, sah es, salzig schimmernd, ein mächtiges wildes Wesen. So weit, dass seine Augen es nicht fassen konnten. Seine Hände es nicht fassen konnten. Das Meer hat keine Haare. Nichts zum Festhalten. Nichts zum Verhandeln. Das Meer tut immer, was das Meer tut, und dem musste man sich anschließen.

Am nächsten Abend ging Jacaré mit seinem kleinen Sohn José zum Strand hinunter, um die Körbe aus der Jangada zu holen. Wolken türmten sich auf, der Himmel sandte bloß noch ein mattes rosa Licht. »Gleich kommt die Dunkelheit«, sagte Jacaré. Und das Kind drehte sich um. Als käme die Dunkelheit als einsamer Wanderer hinter ihnen her. Als legte sie sich nicht mit einem Mal über alles, jede Pflanze, jeden Stein. Urubus kreisten über ihnen. Das leise Zischen des Windes, der in die Federn trat, die Flügel anspannte. Die Kraft der Vögel. Ohne sie anzuwenden. Nur das Zeigen der Kraft. Woher kommt diese Kraft. Doch nicht aus diesen zerbrechlichen Flügelknochen.

Am Morgen hatten sie ihren Hund beerdigt. Jetzt stellte José die Fragen.

»Wo geht er hin?«

»In den Himmel.«

»Wann kommt er zurück?«

»Er kommt so nicht mehr zurück, mein Kleiner.«

»Können wir ihn denn wiedersehen?«

»Das wird nicht gehen, José.«

»Und wenn wir das Grab aufmachen?«

Das war die Frage seiner Kindheit. Und wenn wir das Grab aufmachen? Das Gefühl der Hoffnung in der Endgültigkeit. Er kannte es. Und er wusste, hier ging es nicht weiter. Nichts würde sie retten, wenn sie nicht selbst etwas Neues schufen. Sie mussten sich der Wirklichkeit stellen. Mit ihr verhandeln. Denn selbst wenn es so aussah, als käme sie frei Haus: Sie hatte einen

Preis. Die Realität hat einen Preis. Wenn er nicht zu hoch werden sollte, musste er, Jacaré, nun handeln.

*

Am nächsten Morgen kamen die vier Fischer von einer schweren Fahrt zurück. Die ganze Nacht hatte der Regen gepeitscht, der Sturm sie im Nacken gepackt. Nun standen sie am Strand. Im Sand abgebrochene Flossen. Im Himmel dunkelgraue Wolken. Es roch nach frischem Blut. Wie jedes Mal fiel es ihnen schwer, die Fische dem Besitzer der Jangada zu geben. Die Fische, um die sie so gekämpft hatten. Die ganze Nacht. Für die sie ihr Leben riskierten. Die Angst, dass die Jangada kippt. Drehte sie sich auf hoher See, waren sie verloren. Oft fühlten sie sich so: Man war am Leben, nur weil man nicht gestorben war.

Jerônimo sagte wie immer wenig. Er nahm die berufliche Notwendigkeit des Jangadeiros, das Stillsein, mit an Land. Der alte Tatá schimpfte leise vor sich hin, als er die Fische teilte. Mané Preto hielt eine Languste im Arm, schwarze Augknöpfe, ein außerirdisches Wesen, berührte er ihre Fühler, klappte sie schnell ihre Beine zusammen, klapperte, griff nach ihm, dem Wesen, das sie nicht kannte. Jacaré schaute kurz in den Himmel, dann sagte er:

»Mit welchem Recht bekommen wir nur die paar Fische. Mit welchem Recht hungern unsere Kinder. Mit welchem Recht müssen selbst die Kranken und Alten von uns hinaus. Mit welchem Recht!«

»Ja, eine große Schande ist das. Wir sollten den *donos* das Genick brechen. Wie sie uns ausbeuten«, sagte Tatá.

»Damit machst du dich zum Opfer. Weißt du, was das ist, ein Opfer? Du schrumpfst dich selbst und zwingst alle anderen, sich zu dir hinunterzubeugen. Das ist das Gegenteil von dem, was wir tun. Wir richten uns auf. Wir stehen auf der Jangada«, sagte Jacaré.

»Was schlägst du denn vor?«, rief Mané Preto.

»Dass wir direkt zu dem gehen, der die Gesetze macht. Wir fahren zum Präsidenten und fordern unsere Rechte ein.«

»Und wie willst du zu ihm kommen? Willst du uns vielleicht ein Flugticket spendieren mit deinen drei Fischen?«

»Nein, wir fahren, womit wir jeden Tag fahren. Mit der Jangada.«

Kein Krebs lief mehr seitwärts. Kein Halm rührte sich. Kein Klappern des Geschirrs war aus den Hütten zu hören. Kein Klopfen der Hämmer. Kein Wind regte sich.

Nicht mal die Languste bewegte ihre Fühler.

Bis Mané Preto anfing, laut zu lachen.

Tatá stieß einen Fischerfluch aus.

Jerônimo ging ohne ein Wort davon. Die anderen beiden folgten ihm, in kurzen Abständen. Drei Männer, die man schon von weitem als Jangadeiros erkannte, weiße Palmhüte, mit dem rotbraunen Saft des *Cajueiro*-Baums bestrichene Leinenanzüge, stapften durch den Sand davon. Als sie fast weg waren, drehte sich Mané Preto noch einmal um, rief Jacaré zu: »Und du glaubst, er macht uns die Tür auf, dein Präsident?«, er brach erneut in Gelächter aus.

Bei der nächsten Fahrt wurde kein Wort mehr über die Geschichte verloren, genauso wenig auf der übernächsten, und der danach, und der danach.

Aber es ging ja nicht mehr weg. Es war ausgesprochen und in der Welt. Es stand da. Je aussichtsloser die Situation wurde, desto unübersehbarer stand es vor ihnen. So gewaltig die Ungerechtigkeit war, so gewaltig war diese Idee. Sie entsprach ihr. Und etwas, das sich entspricht, das findet seinen Weg.

*

Im April 1941 begannen Jacaré, Mané Preto, Jerônimo und Tatá ihr eigenes Floß zu bauen. Sechs Baumstämme, mit Seilen verbunden. Kein einziger Nagel steckt in einer Jangada. Das dafür nötige Piubá-Holz kam aus dem Amazonas über das Meer. Sie hatten Gelder gesammelt. Ein großer Zeitungsverleger unterstützte sie ebenso wie eine Grande Dame aus dem Yachtclub, geheime Spender, Paten der Reise. Andere schenkten ihnen Decken, Kerzen, Kleider, Konservendosen. Schließlich mussten auch ihre Familien versorgt werden, während sie auf großer Fahrt waren. Nicht einen Fisch nach Hause brachten.

Sie schnitzten jeden Abend, schliffen das Holz, strichen mit ihren Händen darüber. Ihr erste eigene Jangada. Sie war wie jede andere, doch wurde sie für diese Fahrt gebaut. Ihre Fahrt. Jacaré war die Quelle der Zuversicht für die anderen drei. Die Fischer, die in den anderen Jangadas um sie herum saßen, Karten spielten, das Segel flickten, einen Cachaça tranken, schauten ihnen zu. Es gab einen alten Fischer, António, der seine Augen nicht von ihnen ließ, sie glänzten fern. Wenn er nach oben schaute, wenn er nach unten schaute, kippte sein Gehirn, drehte sich, als wollte es sich lösen und fallen; die Krankheit der Fischer, die zu viel in das Meer und zu viel in den Himmel geschaut haben. Er stand jeden

Tag in der Weite des Sandes. Jeden Tag stand er ein bisschen näher. Als er so nahe war, dass er das Floß berühren konnte, sprach er zu Jacaré:

»Du solltest lieber hier deine Arbeit tun.«

»Was meinst du, António?«

»Dass du lieber hier deine Arbeit tun solltest.«

»Dann werde ich nicht mal so alt wie du.«

»Auf dem Weg nach Rio gibt es Stellen, wo die Wellen nicht gerade brechen, sondern so zusammenstoßen«, er stieß mit den Fingerspitzen seiner beiden Hände steil zusammen, wie zwei steigende Hengste, »du kennst das Gewässer dort nicht, du bist noch nie aus Fortaleza hinausgefahren.«

Jacaré atmete tief durch, blickte ihn gerade heraus an. »Aber ich habe Vertrauen, und ich tue etwas Gutes.«

»Dass du deine Familie allein lässt, dein Leben aufs Spiel setzt, die anderen ins Verderben bringst, das ist etwas Gutes?«

»Jeden Tag fahren wir hinaus, António. Jeden Tag riskieren wir, nicht zurückzukommen. Das ist unser Leben. Wir zeigen Getúlio nur unser Leben.«

»Und du glaubst, der Präsident interessiert sich für unser armseliges Leben?«

»Armselig? … Armselig … Das haben die Menschen vergessen. Dass sie eine Kraft haben. Ist es nicht komisch, dass Schlangen und Vögel sanft aus einer Schale schlüpfen, während der Mensch in einer Gewalt, durch das Fleisch eines anderen, auf die Welt kommt? So ist unser Leben nämlich, gewaltig. In jeder Sekunde. Nur betäuben sich die Leute selbst. Bis sie im Halbschlaf durch das Leben dümpeln, ohne zu wissen, was das überhaupt ist, das Leben.«

»Aber du weißt es.«

»Nein! Aber ich weiß, dass jedes winzige Blatt an dem Baum da drüben Licht umwandeln kann. Wieso sollten wir dann nichts ändern können!«

António senkte zum ersten Mal den Blick.

»Wir fahren für uns alle, António. Wir fahren für alle Fischer aus dem Nordosten, wir fahren für unsere Kinder. Das ist das, was wir tun können.«

António sagte nichts mehr. Aber bis zum Tag der Abfahrt blieb er stehen. Schaute sie an. Um nicht in den Himmel, nicht auf den Boden zu schauen.

Jedes Sägen, jedes Schleifen, jedes Schnitzen ging durch ihre Hände in das Floß: und damit würden sie fahren. Denn das Richtige war das Richtige, und das Falsche war das Falsche.

*

Orson Welles hatte so viele Gesichter vor seinem, dass wir uns ihm langsam nähern müssen.

Während sie in Fortaleza ein Floß bauten, feierte in New York sein erster Film Premiere. Ein Film, der die Menschen auf die Straßen brachte, in Limousinen hüllte, in Smokings steckte, ihr Lächeln verzerrte. Ein Schneeball traf sie mitten ins Gesicht. Die Schneebälle warf der junge Charles Foster Kane, links und rechts flogen sie über die Leinwand, so fiel niemandem im Kino auf, dass der Schnee aus zermahlenen Cornflakes bestand.

Seine Mutter hatte ihm früh gezeigt, wie man das Leben inszeniert. Manchmal ging sie mit ihm an der Hand spazieren, sprach jemanden an: »Würden Sie das bitte für mich halten?«, sie drückte dem Fremden ein Buch oder etwas anderes in die Hand. Dann wechselte sie elegant die Straßenseite, bis zur nächsten Ecke: »Würden Sie das bitte für mich halten?« Und sie genoss die Vorstellung, dass an jeder Straßenecke jemand stand, der etwas für sie hielt.

Für Orson Welles war das Leben ein Zauberkasten. Intensiv musste man es leben, keine Zeit war zu verschwenden, das hatte er vom frühen Tod seiner Mutter, seines Vaters, der ihr nach wenigen Jahren folgte, gelernt. Aber man konnte das Fieberthermometer auch in heißes Wasser halten.

Wir können nun die Jahre zwischen Kindheit und *Citizen Kane* erzählen. Wir können aber auch direkt einen Schnitt machen. Denn entweder blieb er immer ein Kind, oder er war schon immer ein Mann. Wenn ich die Augen schließe, sehe ich ihn vor mir, mit Pausbacken und Scheitel, in dunkelblauem Blazer, eine Wachtel auf seiner Schulter. Ich höre ihn sprechen. Eine Stimme, in der Tiefes und Ewiges lagen. Eine Stimme wie Gott.

Alles, was sich in seiner Kindheit angesammelt hatte. Jedes ins Ohr geflüsterte *Genie*, jedes abgemalte Kunstwerk, jedes Gedicht, jedes Violinenstück, jeder Schneeball, jeder freche Satz entluden sich in *Citizen Kane*. Er sagte die Welt auf. Als müsste er auf einmal zeigen, was er konnte. Aber es war ein Labyrinth ohne Zentrum.

*

Die Menschen bildeten einen Kreis um das Floß im Sand. In der Mitte stand ein Pfarrer mit seinen beiden Helfern, die für den Schutz der Jangada beteten. Sie wurde auf den Namen *São Pedro* getauft. Nach Pedro, dem Fischer, zu dem Jesus ins Boot stieg und sprach: »Fahrt hinaus und werft eure Netze aus, dass ihr einen Fang tut.« Die Frau eines Diplomaten goss das gesegnete Wasser über das Floß. Das leere Gefäß übergab sie Jacaré.

Die vier Fischer gingen zum großen *Cajueiro*-Baum an der Lagune. Aus seinen Früchten pressten sie das rotbraune Schalenöl, das nach Holz und Erde roch, damit bestrichen sie ihre Leinenhosen und Hemden. Das würde sie auf dem Meer vor der Sonne schützen, die ihnen sonst die Haut abzog. Es gab diese Geschichte vom Cajueiro-Baum, der mit seinem Schatten die ganze Welt verdunkelt. Doch der Schatten kündigt nur das Licht an. Gewöhnt die Augen daran. Am Ende erhellt der Cajueiro die Welt, indem er seinen Schatten Millimeter um Millimeter hebt. Von Norden nach Süden.

Tage vergingen. Jacaré konnte nicht schlafen. Wieder ging er zur Hütte hinaus, setzte sich in den dunklen Sand. *Der Himmel begann eine Handbreit über der Erde.* »Wann sollen wir fahren?«, fragte er. »Fahrt jetzt!«, kam als Antwort. In der Sekunde, in der er seine Frage ausgesprochen hatte, kam die Antwort. *Fahrt jetzt.*

In der Nacht, bevor sie ablegten, hatte Josefina einen Traum. Sie sah das Gesicht von Jacaré, wie es langsam vor ihren Augen zerfloss. Sie erzählte ihm das nicht. Während der Reise hatte sie noch mehrmals diesen Traum. Aber sie erzählte ihn niemandem. Nur einmal erzählte sie ihn der Sonne.

Sie hielt die ganze Nacht seine Hand. Seine Hand, die sich innen anfühlte wie die Rinde eines Baumes. Als sie mit ihm, in jener schrecklichen Nacht, auf dem Boden lag, diese Hand spürte, war sie bereit zu gehen; glücklich, dass sie mit ihm war, dass er bei ihr war, im letzten Augenblick. Sie wäre mit ihm gestorben. Sie hatte mit ihm überlebt. Sie würde mit ihm leben.

In den frühen Morgenstunden, am 14. September 1941, sollte die Jangada *São Pedro* Kurs auf Rio nehmen. Jacaré zog seine Leinenhose, sein Hemd an, auf dem der Cajueiro eine glänzende Schicht hinterlassen hatte. Die Vögel sangen an diesem Morgen lauter, höher. Der kleine Hund zerfetzte seine Matratze vor ihrer Hütte. Die Luft war mit etwas angefüllt, das noch nicht da war.

Draußen warteten Jerônimo, Mané Preto und Tatá. Setzen ihre weißen Jangadeiro-Hüte auf. Gemeinsam gingen die vier hinunter. Das Meer breitete sich wie eine Wüste vor ihnen aus. Von überall her kamen die Menschen gelaufen. Manche trugen Palmwedel in der Hand. Kinder rannten voraus ins Meer, überholten sie, als wären sie es, die fahren. Wieder standen sie im Kreis um die *São Pedro*, das Leinensegel schimmerte perlmutt in der aufgehenden Sonne.

Josefina hatte ihren jüngsten Sohn auf dem Arm. Seit dem Überfall war sie eigenartig mit ihm verbunden, klar und tief, nicht bloß wie Mutter und Kind: wie zwei, denen das Leben noch einmal ein Leben geschenkt hatte. Ein Baby, das schon überlebt hatte. Ihre Kinder Francisco, Maria Olímpia, José, Raimunda, Francisca, Joaquim und Maria José hielten sich an den Händen. Der Pfarrer sprach ein Gebet. Die Jangadeiros bekreuzigten sich. Jacaré drehte sich noch einmal um, schaute Josefina an. Weiche, wilde Augen. Die Augen eines Fischers. Wenn doch in diesem Blick schon alles enthalten war. Er nahm sie, die Kinder in die Arme.

Dann schoben sie das Floß hinaus.

»Vai!«, schrien sie, senkten die Köpfe, stemmten die Beine in den Boden, schwitzten, schoben mit aller Kraft die Jangada über die Holzrollen. Eine halbe Stunde ging das. *Vai! Tira! Agora!*, ihre Stimmen zum Zerreißen gespannt wie ihre Arme. Endlich, bis zur Brust im Wasser, zogen sie sich hoch, setzten schnell das Segel. Es waren diese drei, vier Wellen, über die sie jetzt hinweg mussten. Der schwierigste Augenblick, beim Ankommen, beim Abfahren. Hier wehrte sich das Meer, sie aufzunehmen. Warf den Bug der Jangada hoch. Die Gesichter der Männer angespannt. Es gab eine Linie. Niemand wusste, wo sie genau verlief. Aber über diese Linie mussten sie hinweg. Und sie gehörten nicht mehr zur Erde. Sondern zum Meer.

Zum Himmel. Darin bestand der Mut dieser Männer, sie bewiesen nicht, wie stark sie selbst waren, sie gingen mit einer über ihnen waltenden Kraft, ordneten sich ihr unter. Ruhig fuhren sie nun, hinter der Linie, in die Weite. Vier Männer stehen. Die Füße im Wasser. Josefina, die Kinder, alle aus dem Dorf standen im Meer, manche näher am Strand, andere bis zu den Knien im Wasser. Schauten in eine Richtung. Wer aufs Meer hinausfuhr, schloss keine Tür hinter sich, bog nicht mit einem Wagen um die Ecke, ging keine Straße hinunter. Wer aufs Meer hinausfuhr, den konnte man eine halbe Ewigkeit lang mit den Augen begleiten. Bis ein weißes Dreieck vor unendlichem Himmel blieb. Ein Punkt. Und weg. Die Krümmung schluckte sie.

*

Der Wind hob die Vögel, trieb die Wellen, drang in die Ohren ein und entwich in unterirdische Gänge. Die weiße Kapelle auf der Düne verschwand hinter dem Leuchtturm. Jacaré sah seine Kinder winken. Je kleiner sie wurden, desto stärker spürte er ihr Herz pochen. In seinem. Desto näher waren sie ihm. Als er sie nicht mehr sehen konnte, ballte er seine linke Faust.

Jede Welle, die an die Jangada klatschte, durchnässte sie stärker. Wie viel Wasser ging durch die Haut? Jede Bewegung des schweren Meeres spürten sie in ihren Gelenken. Mit einer Jangada war man nicht auf dem Meer. Man war im Meer. Dunkel, kalt, unbeantwortete Tiefe. Die Jangada hatte keinen Bug. Ein Schritt, und man fiel in diese Tiefe. Wasser war überall. Im Blut. Unter der Haut. Unter der Erde. Nähme man der Erde das Wasser, so hatte es der große, schlanke Jerônimo einmal gehört, würde sie auf die Maße einer Orange schrumpfen. In eine Hand würde sie passen. Er war so verbunden mit dem Meer, dass es ihm schwerfiel, an Land zu sein, wo ihm übel wurde. Er brauchte das Wogen unter seinen Füßen, um sich sicher zu fühlen. Die Erde müsste öfter zittern, das Wasser müsste öfter zittern, die Luft müsste öfter zittern, bis man merkte, dass man weder die Erde, das Wasser, noch die Luft war. Dass man nur selbst war. Dass man ein Leib in diesem zitternden Ganzen war, und dass alles, was man tun konnte, war, diesen Leib zusammenzuhalten.

Die Fahrt begann wie immer. Der *mestre* bestimmte, wo sie auf dem Meer hielten. Der *mestre* war Jerônimo, der die meiste Erfahrung auf dieser Position hatte. Nur wusste jeder, dass Jacaré der *mestre* war. Jerônimo gab die Anweisungen. Getragen wurde die Fahrt von Jacaré.

Sie ließen die Schnüre mit den Haken hinunter, fingen einen nicht sehr großen *Sapuruna*. Trotz der vielen Jahre als Fischer war Jacaré bewusst, was er tat. Er fischte nicht nur. Er holte ein Wesen mit einem Griff aus seiner Welt. Das war etwas Gewaltiges. Wenn er sich vorstellte, ein Menschenfischer zöge ihn, mit einem Ruck, hinaus ins All.

Sobald der Fisch auf dem Holz lag, klatschte er wild um sich, augenblicklich um sein Leben kämpfend. Die großen schlugen sie tot. Die kleinen ließen sie sterben. Das hatte keinen besonderen Grund. Nur dass sie ohnehin starben. Wie Menschen. Es war dasselbe. Ihr Atem durch die Kiemen wird langsamer, weniger, bis sie kurz vor dem Ende schneller atmen, als kämen sie zurück, bevor sie ein letztes Mal tief einatmen und nie wieder aus. Atmet er noch?, war die Frage, mit der jedes Leben schließt. Wer man auch war, was man auch getan hatte. Atmet er noch. Es ist die letzte und einzige Frage, und sie ist für alle gleich.

Am Abend brieten sie den Fisch an ihrer kleinen Feuerstelle am Mast, aßen ihn, banden sich mit Stricken auf dem Floß fest und schliefen. Ein Lampion brannte in der Nacht, warnte die größeren Schiffe, die schweigend vorüberglitten. Wie auf jeder Fahrt. So ging das ein paar Tage, dann hatten sie die Bucht von Fortaleza verlassen. Ihr Fortaleza, das auf einer Landkarte als höckrige Nase hervorragt, die Menschen sagen, es sei an dieser Stelle, wo Amerika und Europa einst auseinanderbrachen. Aber Fortaleza hieß auch Stärke. Und was ist eine Nase anderes als ein Fortsatz des Körpers, an dem seine Stärke sichtbar wird. Da, um etwas zu zeigen.

Im Strom von Natal gab es nichts mehr, das sie kannten. Nun mussten sie sich auf die Sterne und ihren Instinkt verlassen. Die Jangada durfte nicht über zu tiefe Stellen fahren, sonst konnte ein Sog sie hinabziehen. Jeder der vier Fischer ging anders mit der neuen Situation um. Der schüchterne Jerônimo sagte ... das Nötigste, Tatá, der Älteste, verbarg seine Angst in Geschäftigkeit, und Mané Preto machte in die Stille hinein seine Witzchen und Sprüche. »Habt ihr schon mal im Maul eines Walfischs gestanden, wisst ihr, wie das stinkt? Bei meiner letzten großen Fahrt bin ich von der Jangada auf einen runden Felsen im Meer gesprungen, plötzlich bewegte er sich. Hattet ihr schon mal einen Oktopus unter euren Füßen?«

Die Tikopianer essen den Oktopus nicht. Sie glauben, er sei die Sonne und seine Tentakel seien ihre Strahlen.

Jacaré schrieb jeden Tag, hinterließ Flecken auf seinem Papier. Der Saft der Fische tropfte darauf, das Blut seiner Hand, das sich überall hineinfressende Salz des Meeres. Die Flecken machten das Papier zu seinem; den Wörtern gaben sie etwas, das er durch bloße Wörter nicht hinzufügen könnte. Das Wort. Das Wort war ja nicht bei ihm. Das Wort stand über ihm. Es kam durch ihn hindurch, aber es rief etwas auf, das es noch nicht gab. Das Wort existiert, bevor das existiert, was es besagt. Schreiben war Luft sichtbar machen.

*

Wenn ich sage, Orson Welles blieb immer ein Kind, dann, weil er etwas sehen ließ, das viele nicht sehen. Weil er sich trotz allen Intellekts einen Zugang offenhielt, den sich andere versperren. Ich sage es für uns alle, die wir immer ein Kind bleiben. Das Kind, das wir waren, wird ja nicht an einem Grenzposten durch den Erwachsenen eingetauscht. Es ist auch keine magische Umwandlung, wie etwa aus einer Ziege eine Schlange wird. Nein, das Kind ist da. Stellen wir uns eine Baumaschine vor, der Erwachsene sitzt oben im Führerhäuschen, steuert die Dinge, ordnet sie ein, verhält sich. Aber das Kind unten füllt den ganzen Raum im Bauch der Maschine. Der Erwachsene ist nur sein stiller Kontrolleur. Der nicht mehr kennt, was er kontrolliert. Nur wenn der Arbeiter im Führerhäuschen einmal innehält, lauscht, spürt er das Kind, das er ist, in seinem eigenen Leib.

*

Jacaré hörte das Fremde in jedem Murmeln der Wellen, sah es in jeder in der Tiefe verborgenen Pflanze, die zu ihnen heraufschwamm. Er hatte keine Angst. Sie entfernten sich von ihrem Zuhause, ihren Hütten mit den Schilfdächern, dem täglichen Hunger im Bauch ihrer Kinder, der Ungerechtigkeit beim Teilen der Fische im Sand. Aber die Wahrheit war überall die Wahrheit. Und sie fuhren mit dieser Wahrheit. Sie fuhren zum Präsidenten, wie früher die Menschen zum König gelaufen sind. Aber nicht auf eine hilflose Art.

Schau her, wir kommen, wir fordern unser Recht.

Sie fuhren zum Zeichen. So lange dauerte ihr Weg auf dem Meer, dass sich ihre Reise herumsprach, die Menschen sich an den Küsten versammelten, nach ihnen Ausschau hielten, klatschten, selbst wenn sie nicht zu sehen waren. So lange dauerte ihr Weg auf dem Meer, dass irgendwann auch der Präsident seinen Kopf vom Schreibtisch heben und in ihre Richtung drehen musste.

61 Tage. Ahnungslos fuhren sie über Riffe und Klippen. Überwanden Stürme. Stritten nur einmal. Sprachen wenig, aber spürten den anderen, als wäre er man selbst. Sie verirrten sich, hungerten, verbrannten sich die Haut, schlotterten nachts vor Kälte, fielen fast vom Floß. Kurz, sie hatten all diese Erlebnisse, die man von großen Fahrten kannte. Alles, was ich zu sagen habe, kommt aus einer Orange. Es steckt in einer Orange. Aber was es hier zu erzählen gilt, war nicht die Fahrt, sondern das, was sich in Jacarés Innerem zutrug.

Als Kind hatte er den Wellen Namen gegeben. Jeder, die auf ihn zukam. Er, Manoel, Sohn von Manoel, Enkel von Manoel, Jacaré. Sein Großvater und sein Vater kamen nicht mehr aus dem Meer. An das Verschwinden seines Großvaters erinnerte er sich kaum. Aber wie lange hatte er im Sand gesessen, darauf gewartet, dass sein Vater zurückkommt. An jenem Tag gab es ein Unwetter, als würde das Meer brennen. Die Mutter sagte, durch den Sturm wird er erst morgen kommen. Am nächsten Tag setzten sie sich mit Brot und dem restlichen Fisch nahe ans Meer, endlose Stunden, in der Hoffnung, das weiße Segel des Vaters würde irgendwann am Horizont erscheinen. Am dritten Tag kam die Jangada alleine zurück. Umgedreht, mit dem Ruder darauf, als letzten Gruß. Konnte nicht erzählen, was geschehen war. Blieb stumm wie die Bäume am See, die den, der ins Eis einbricht, sehen, doch nicht um Hilfe schreien, doch nicht sagen, was sie gesehen haben.

Die vielen Jahre, die er fischte, waren harte Arbeit für Jacaré, jeden Tag ging es um das Überleben seiner Familie, zu der er am Abend oder nächsten Abend zurückkehrte. Nun aber fuhr er weiter. Gehörte nicht mehr zur Erde. Gehörte zur Sonne, zu den Sternen. Es war, als wäre er in dieser Weite angekommen, auf dieser anderen Seite, wo sein Großvater und sein Vater waren. Eine Weite, die nichts verriet. *Wir wissen nicht, ob die Erde alt ist oder jung.* Aber wir wissen, dass wir länger tot sind, länger ungeboren, als wir leben.

Er war da. Langsam zog diese Weite in seine Seele, es war keine Natur mehr, die ihn bedrängte, bedrohte oder nutzte. Es war Natur, die in ihn einzog. So weit der Ozean zu seinen Füßen war, so weit war sein Wesen. Es war nichts Überhebliches darin. Nur ein Erkennen seiner Möglichkeiten.

Wieder musste er an seine Mutter denken. Ein paarmal hatte sie ihm erzählt, wie sie sich als kleines Kind unter einer Holzbank versteckte, als Männer in ihre Hütte eindrangen. Ihr ganzes Leben lang konnte sie die Bank nicht vergessen. Lebte in Angst. Hielt ihr Leben fest. Gab das an ihre Kinder weiter. Nicht mal einen Schnupfen konnte man laufen lassen. Nicht mal eine Träne. Ohne zu wischen. Tiere tun das nicht. Sie wischen keine Tränen. Er sah nun klar, wie sie sich ihr eigenes Sein verboten hatte. Ein enges Leben baute. Durch Gedanken.

Und das Denken ist ein Jäger.

Das ist seine Natur.

Es will jagen.

Aber was jagt das Denken?

Es jagt Schmerz.

Schmerz jagt das Denken.

Das Meer glatt und ruhig. Die Sonne stand hoch und dünn hinter den Wolken. Bis sie auseinandertrieben, ein Tor schufen, in dessen furchtbare Helligkeit sie hineinfuhren. Einmal hörten sie Motoren am blauen Himmel, aus einem Flugzeug fielen Essenspakete für sie herab. Aber dann kamen die Haie und fraßen alles.

Die ältesten Wesen. Alle Vögel, Amphibien, Säugetiere kamen einmal aus dem Wasser auf die Erde. Die Fische kehrten zurück, mit Knochen in ihrem Leib.

Aber die Haie waren im Wasser geblieben. Sie haben nur Knorpel. Wenn sie nicht schwimmen, sinken sie. Einem Löwen könne man wenigstens in die Augen schauen, sagte Jacaré. Aber Haie blicken einen nicht an, es gibt keinen Zugang. Seelenlose Wesen wie Libellen. Irgendwann waren es so viele, dass Jacaré im Wasser nur noch metallisch schimmernde Körper neben seinen nackten Füßen sah. Sie ließen ihnen nichts zu essen übrig.

Ein paar Jahre nach Jacarés Untergang kehrte Orson Welles in einem seiner Filme zurück in den Nordosten Brasiliens. Die einzigen Worte, die er darüber verlor. Als Schauspieler. Als Matrose Michael O'Hara steht er am dunklen Strand von Acapulco. Den Blick ins Leere, in die Vergangenheit gerichtet, beginnt er zu reden (und er knüpft an eine Stelle aus Jacarés Tagebuch an): »Wissen Sie, einmal am Buckel von Brasilien sah ich das Meer so getrübt von Blut, dass es schwarz war, und die Sonne ging am Horizont unter. Wir ankerten in Fortaleza, und ein paar von uns angelten. Ich machte den ersten Fang. Es war ein Hai, und dann war dort noch einer, und noch einer, bis das ganze Meer voller Haie war. Und noch mehr Haie und überhaupt kein Wasser mehr. Mein Hai hatte sich selbst vom Haken losgerissen, und der Geruch, oder vielleicht der Gestank, und wie er sein Leben ausblutete, machte die anderen verrückt. Dann begannen die Biester sich gegenseitig aufzufressen. In ihrem Wahnsinn fraßen sie sich gegenseitig auf. Man konnte die Mordlust spüren, wie Wind, der in den Augen brennt, und man konnte den Tod riechen, der aus dem Meer aufstieg. Ich habe noch nie etwas Schlimmeres gesehen. Und wissen Sie was, kein einziger dieser Haie in dem ganzen wahnsinnigen Schwarm überlebte.«

*

In Recife legten die vier Fischer an, um Vorräte zu besorgen. Sie gingen von Bord, und man führte sie in den Stadtpalast. Jacaré notierte den Augenblick: »Unsere Füße waren voller Schlamm, so traten wir auf die schönen Teppiche. Dr. Agamemnon Magalhães tat so, als bemerkte er es nicht, und empfing uns freundlich.« In der Kathedrale nahmen sie ihre Hüte ab, legten ihre

Köpfe in den Nacken, gingen nicht, ohne ein Gebet zum Heiligen Pedro zu sprechen. Auf ihr Floß im Sand stellten sie einen Korb mit *Rapadura*, Maniok, *Carne seca* und Bananen.

Die Fahrt ging weiter in den Süden über Japaratinga, Macéio nach Aracajú. Eine Zeitlang begleiteten sie zwei Wale. Sie schwammen neben dem fragilen Floß. Die vier Fischer manövrierten die Jangada über die Wellen, die nichts anderes waren als ein Abdruck der großen Tierleiber. So ging das stundenlang, die Beine brannten von den Stößen, die sie vom Meer abfingen. Die Männer synchronisierten die Bewegung ihrer Körper mit der Bewegung der Walkörper im Wasser so gut sie konnten. Einer hob seine Flosse, Jacaré wollte zu ihm hineinspringen. Für einen Augenblick erschien es ihm das Natürlichste der Welt. Wenn er die Gewalt des Wassers unter seinen Fußsohlen spürte. Das Platschen gegen das dunkle Holz hörte. Die Wellen eine Handbreit neben sich sah. Da war immer die Gefahr hineinzufallen. Auch der Drang. Das Meer rief einen. Ständig rief es. Ständig sprach es. Kein Alphabet gab es.

Ein großes »Z« malte Jacaré quer über jede Seite in seinem Tagebuch – in den Raum, der frei blieb von seinen Erzählungen. Warum er das tat, konnte man ihn nicht mehr fragen, nachdem er ein paar Monate später im Meer verstummt war.

Etwa vier Wochen nach ihrer Abfahrt, auf der Höhe von Canavieira, zog am Nachmittag ein Sturm auf. Innerhalb von Minuten erwachte er. Rostig schwere Luft. Unter ihnen schwoll das Meer zu einem Krater, am Himmel glühten Gewitterblasen. Wie Jacaré es an dem Tag gesehen hatte, an dem sein Vater verschwunden war: Das Meer brannte. Wind und Regen peitschten das Floß dröhnend in die Luft. Sie holten eilig das Segel ein, das schon gerissen war, zurrten sich mit Stricken am Mast fest. Stunden vergingen, es wurde dunkler und dunkler. Festhalten am Floß, das sie prügelte. Durchhalten, bloß durchhalten. Wie auf dem Boden. Das Ende gab es schon. Der Wind zermahlte das Wasser, da öffnete sich ein Loch. Jacaré wusste nicht, ob das Loch im Herzen saß, im Bauch, oder ob es seine Seele selbst war, die ihn da ausgehöhlt anblickte. Er wusste nicht, ob das Loch im Kopf war. Er wusste nur, es war da. Stundenlang kauerte er am Mast, schlotterte, blickte in dieses grell schäumende Loch, wie um sich festzuhalten, und war gleichzeitig so abgeschnitten, als verweigerte es ihm seine Existenz. Bis zu dem Augenblick, in dem das Loch ihn einsaugte. Mit einem *Ffftt* fiel er hinein, in einer Spirale zog es ihn hinab in einen kalten Schaumschlund, und plötzlich spürte er, wie das Blut in seinen erstarrten Adern brannte und floss, er in diesem Loch zu leben begann.

Die Nacht kam. In Canavieira weckte eine Mutter ihren Sohn mit einer Ohrfeige, damit er für die vier Jangadeiros bete. Niemand schlief im Dorf. Aber auch am nächsten Morgen kehrte auf dem Ozean keine Ruhe ein. Der Wind noch zorniger. Jerônimo, Tatá und Mané Preto klammerten sich am Mast fest.

Vielleicht mussten sie einen von ihnen ins Meer werfen, um die aufgebrachte See zu beruhigen.

Wie Jona.

Wen von ihnen würden sie hineinwerfen?

Würde das Meer endlich still werden?

Wie ein Anker wird Jona emporgehoben und ins Meer gestürzt, in den schauerlichen Rachen, der ihn erwartet. Und der große Wal schnappt zu mit all seinen elfenbeinfarbenen Zähnen, die wie ein weißes Gitterwerk seinen Kerker versperren. Und Jona betete zum Herrn seinem Gott, im Leibe des Fisches. Aber gebt acht, wie er betet, Kameraden. Er weint und wehklagt nicht. Er weiß ja, dass seine Strafe gerecht ist. Er legt seine Rettung vertrauensvoll in Gottes Hand. Drei Tage bleibt er im Bauch des Fisches. Und selbst aus diesem Bauche der Hölle, aus dem tiefsten untersten Schacht des Meeresbodens, hat Gott sein Gebet erhört. Und der Herr sprach zu dem Fische. Und vom Grunde der eisigen kohlschwarzen Meerestiefe erhob sich der Wal ans Sonnenlicht und spie Jona aus auf das trockene Land. Und Jona, zerschunden, zerschlagen, seine Ohren dröhnten und rauschten noch wie Seemuscheln vom tosenden Brausen des wütenden Meeres, Jona gehorchte dem Gebot des Allmächtigen. Und wie lautet das, Kameraden der See? Die Wahrheit sollte er predigen ins Angesicht der Falschheit! So sprach Orson Welles. Wieder hinter einem seiner Gesichter. Wieder in einem Film. Vierzehn Jahre nach Jacarés Verschwinden im Meer.

*

Der Sturm war wie eine Geburt. Und wie bei einer Geburt konnte man nichts anderes tun, als sich dem höheren Guten anzuvertrauen. Mit ihm gehen. Jacaré hatte keine andere Wahl, wollte er nicht vor Angst sterben.

Wie auf dem Boden. Zwei Türen. Zwei Eingänge. Mehr nicht.

Wer ohne Sicherung über ein Seil geht, vierhundert Meter über dem Boden, gelangt durch das Vertrauen hinüber. Er gibt sich ihm hin. Die wirklichen Kräfte sind die leisen. Und gibt man sich ihnen wirklich hin, ist man frei von den scheinbaren. Aber es war kein stumpfsinniges Überlassen, sondern nur das Anerkennen ihrer Existenz, wodurch sich Jacaré wieder mit ihnen verband. In seinem Loch. Seiner Kuhle. Umschlossen von Wasser. Er blieb darin, bis sich um zwei Uhr nachmittags der Sturm legte. Ein Blau kam heraus. Ein Blau, so schön, dass es in den Augen stach. Jacaré schaute Jerônimo an, sein Gesicht blass wie Marmor. »Die Plätze wieder einnehmen«, sagte er. Der große, dunkle Tatá zitterte. Mané Preto flickte das Segel. Jacaré klopfte jedem auf die Schulter. *Wir fangen wieder an. Wir geben nicht auf.*

Die Sonne ging wieder unter. Sie fuhren in die Weite, eine leuchtende Düsternis über ihnen. Sterne gingen hinter dem Nebel auf; führten sie. *Estrela Daze, Estrela da Canoa, Estrela do Norte.* Ein Kompass, so hatte es Tatá in Fortaleza gesagt, ein Kompass behindert uns doch nur.

Der Jangadeiro. Er muss schauen können. In den Himmel, auf den Wind. Er muss alle Winde kennen. Sehen können, was passiert. Was sich ankündigt. Was sich verändert. Er muss sich auf die Seite der Erde stellen. Wenn er zurückwill. Zur Erde.

Ihr Raum war klein. Sechs Baumstämme für zwei Monate. Tag für Tag. So wurden die Worte weniger. Die Fischer sprachen stumm miteinander. Hielten die

Münder vor dem Meer, aber sie waren im Reinen, mit sich, den anderen. Wenn der eine nachts am Floßrand schlotterte, rollte sich der neben ihm noch enger ein, um Platz zu schaffen. Im Kleinmachen lag das Große.

Es war auch nicht ganz unbedeutend, dass sie zu viert waren. Vier Füße halten den Tisch. Vier Punkte halten den Raum. Vier Richtungen halten die Erde. Vier Buchstaben halten die Wahrheit.

Was war denn die Wahrheit?

Das Wasser unterhalb des Himmels sammle sich an einem Ort, damit das Trockene sichtbar werde. So begann das Meer. So kam die Teilung in die Welt. Fortan existierte das eine nur in Unterscheidung zum anderen. Fortan gab es eine Wahrheit und eine Lüge. Doch vor dieser Unterscheidung, was war da die Wahrheit?

Für Jacaré war es einfach. Die Wahrheit ist das, was da ist. Da war der Wind, da war das Wasser, da war die Sonne, da war kein Fisch, da war kein Ufer, da war keine Josefina.

Josefina war der Mond.

Josefina war die feine gerade Linie der Küste, die er so lange nicht gesehen hatte.

Josefina war der feste Boden unter den Füßen.

Einmal, ganz am Anfang, als er auf einer Fahrt abwesend war, hatte sie ihn betrogen. Sie ließ sich auf einen anderen ein, der sie mit einem falschen Licht blendete; und nichts ähnelt so sehr der Wahrheit wie die Falschheit.

Bis sie sah, bis sie verstand. Nur war der Schmerz da schon geschehen. Schnitt Jacaré ins Herz. Immer und immer wieder. Bis er zu einem Schatten wurde, der sich auf seinen Kopf legte, ihn niederdrückte. Hier auf diesem Floß, wo er nichts hatte, außer dem Meer, dem weiten Meer, erkannte er, dass der Schatten aus Pappe war. Er baute ihn doch selbst. Längst hatte er ihr vergeben. Ihre Liebe war stärker geworden. Jeden Tag. Wollte er also wirklich einen Pappschatten, selbstgebastelt, mit sich schleppen, ihn auch noch auf dem Floß aufstellen, wo ohnehin kein Platz war. Wozu brauchte er diesen Schatten?

Da faltete er ihn zusammen, warf ihn ins Meer. Der Schatten schwamm davon, wurde kleiner, bis er vollgesogen sank und verschwand. Jacaré sah ihn nicht mehr, selbst wenn er die Augen zusammenkniff. Ewig weites

Wasser. Grün, Blau, dunkles Glänzen. Das Meer war ein Spiegel, in dem er sich nicht sah. Desto länger er auf das Meer schaute, je weniger er wusste, was dort unten war, desto mehr sah er seine eigenen Dämonen. Und obwohl er den Schatten gerade ins Wasser geworfen hatte, ihn doch untergehen *gesehen* hatte, kam der Schmerz wieder angekrochen, zuerst verkrampfte sich die linke Hand, dann sein Herz. Er kam nicht zur Ruhe. Und das Schäumen, die eingeschlossene Luft im dunklen Kielwasser, das unaufhörlich gegen die Jangada schlug, über seine Füße schwappte, ließ ihn zurück mit seinen Gedanken. Die das Leid suchen. Den Schmerz jagen. Aber er, Jacaré, konnte entscheiden, ob sie den Schmerz jagen, um mehr und mehr davon anzuhäufen. Oder ob sie ihn jagen, um ihn loszuwerden. Ob sie ihn stellen. *Stell du ihn, Jacaré.* Wie die Details des Betrugs ans Licht kamen, jedes Detail ihn quälte, und doch, wie jedes Detail im richtigen Augenblick zu kommen schien, dass er es ertragen konnte. Jede Lüge berührt das Licht, irgendwann. Und da dachte er, dass die Wahrheit eine Verbindung zur Zeit hat. Manchmal bestimmt nur die Zeit, niemand sonst, wann sie etwas offenbart. Das musste man wissen. Dass die Zeit mehr wusste als man selbst.

Jacaré drückte seinen Rücken durch. Die Sonne kam dünn am Horizont hervor. Die Wolken, eine dunkelhelle Prozession. Er sah die Möwen über sich, die auf den Fisch gierten, die Urubus, die Felsen umkreisten, die Vogelschwärme, die wie Fischschwärme einer geheimen Weisung folgten. Hörte ihr Schreien, ihre Rufe, die der Wind weitertrug. Sie hatten die *Baia de Todos os Santos* passiert, waren auf dem Weg nach *Vitória*. Fast zwei Monate waren vergangen. Steinerne Inseln erhoben sich nun im endlosen Grün und Blau des Ozeans.

Fische, Menschen, Vögel, alle vergehen sie. Aber der Stein bleibt. Erzählt die Erde. Die Wellen schlagen gegen den Felsen, schlagen an ihm zusammen. Das Mineral, der Stein, gibt. Wie das Licht gibt. Licht gibt Licht. Es braucht selbst nichts. Es bekommt selbst nichts. Wie der Stein. Er gibt der Erde. Die Erde gibt dem Menschen. Der Mensch braucht. Der Mensch bekommt. Aber der Stein nicht. Er ist da, um zu geben.

»Der Wind war nicht unser Freund in diesen Tagen«, schrieb Jacaré auf den letzten Seiten seines Tagebuchs. Wenige hundert Meilen vor Rio. Manchmal wehte ein schwacher Südwest, der sie zurück in den Norden schickte. Doch meist war der Wind fort. Sie mussten rudern. Die hunderttausend Schläge, die sie mit ihren

Beinen vom Meer abgefangen hatten ... nun waren ihre Arme dran. Sie pflügten durch metertiefen Sand, so schwer war das Meer. Tagelang ruderten sie. Dann trieb es sie wieder ab, und sie fingen von vorne an. Arme aus Brei. Die Gesichter, die Säfte, ausgezehrt. Sie waren nichts mehr. Sie waren ein Häufchen Elend, das ruderte.

Aber der Geist war noch da. Der Geist gibt dem Körper das Leben. Das war kein Wissen. Das war nun eine Erfahrung. Je weniger vom Körper übrig blieb, an Stolz, Kämpfen, Klammern übrig blieb, desto stärker zeigte sich dieser Geist. Er lebte hinter jedem Knochen. Hinter jeder Ader. Er war der Erste, der kam, der Erste, der ging. Wird man geboren, ist der Körper noch im Werden, es zwickt, bläht, dauert, bis man seinen Kopf halten, seine Füße anfassen kann; der Geist ist ganz da.

Beim Gestorbenen ist es andersherum, schlaff, weiß, hilflos liegt der Körper auf der Erde; der Geist ist weg. Das hat Jacaré klar und deutlich im Gesicht seines toten Cousins gesehen. Er war nicht mehr da. Der Geist war also Übergang, von der einen zur anderen Welt. Er kommt. Er geht. Durch den Körper. Der nichts ist als ein Gefäß. Und ihr Gefäß war am Zerbrechen.

Tatá saß in sich zusammengesunken am Mast. Mané Preto übergab sich. Jerônimo ruderte langsam weiter, die Augen geschlossen. Das Meer roch nach verfaultem Fisch. Jacaré wusste auch nicht, ob sie ankommen würden, darüber machte er sich ebenso wenig Gedanken wie über ein Dreieck. Er musste es nicht wissen. Er musste es glauben.

»Wir geben nicht auf«, sagte Jacaré, band sich und die anderen mit den Stricken am Mast fest, damit sie nicht vor Schwäche ins Meer fielen, »stellt euch mal vor, die Jangada käme ohne uns in Rio an!« Die Augen seiner Freunde, so nah an seinen, wie tief er darin lesen konnte, wird er nicht vergessen. Der Wind ist das Herz des Ozeans, so hieß es unter den Fischern. Der kräftigste Muskel des Meeres. Er arbeitete nicht mehr. Wer brachte ihn zum Arbeiten? Bei Cabo Frio warfen sie den schweren Stein, der ihr Anker war, mit einem dumpfen Platschen ins Wasser, schliefen eine Nacht auf stiller See. Geduld. Geduld schafft mehr Geduld. Und Geduld brauchten sie. Nicht, um nichts mehr zu tun. Sondern um bereit zu sein für den richtigen Moment.

Am nächsten Morgen erwachte Jacaré vom Brennen seiner Haut. Sie zog, spannte, blutete. Vom restlichen Körper empfand er nichts. Er hatte keine Muskeln, keine Knochen mehr, nur noch Haut, die sich löste. Eingerollt lag er da. Seinen Mund konnte er nicht öffnen, so ausgetrocknet war er. Es roch nach Moder, feuchtem Holz, Vergehendem. Und doch. Gerade in dieser Schwäche spürte er etwas leise in sich, das ihn noch hielt. Wie ein Meeresboden. Es gab einen Grund. Es würde ihn nicht verlassen. Es würde ihn halten. Still bat er um ein Glas Wasser. Ein Glas Wasser. Das ganze Universum bat er um ein Glas Wasser. Dann schlief er wieder ein. Stundenlang. Bis er das Gesicht von Jerônimo über sich sah, das Wasserfass berührte seine Lippen. Es fröstelte ihn. Etwas strich kühlend über seine Haut. Es dauerte ein paar Lichtjahre, bis er verstand. Der Wind wehte. Der Wind war gekommen. »Steh auf«, sagte Jerônimo, »wir sind bald in Rio.«

Auf einmal ging alles ganz schnell. Von Cabo Frio aus waren es bei gutem Wind nur ein paar Stunden bis nach Rio. Der Himmel wolkenlos, die Sonne stand hoch, im Wasser glitzerte das Plankton, dass es in den Augen weh tat. Ein Vogel flog schon eine Weile haarscharf vor ihnen, als wollte er ihnen den Weg leiten. Jacaré schöpfte immer wieder mit dem Blecheimer Wasser, schleuderte es gegen das Segel, damit der Wind haften blieb. Er blickte sich um. Tatás Gesicht glich einer verbrannten Maske. Auf die Knochen war er abgemagert, wie Jerônimo und Jacaré selbst. Nur Mané Preto hatte sich gehalten. Als Baby fütterte ihn seine Mutter mit Butter, sie hatte nichts anderes zu essen. Lange Zeit wurde er nur *mantequinha* gerufen. Nun schien es ein Glück, ein Butterkind gewesen zu sein.

Jacarés Unterkiefer spannte zum Zerreißen, sein Kopf dröhnte wie ein hundert Kilo schwerer Gong. Aber was bedeutete das schon, im Vergleich zu dem, was sie erwartete. Was war das für ein Gefühl, als die Küste von Rio zuerst als grün schimmernder Strich auftauchte. Was war das für ein Gefühl, als ihnen das erste Boot entgegenkam: Ein Fischer, der hinausfuhr, winkte ihnen mit ruhiger Hand zu. Ein Gruß, in dem das ganze Fischersein, die Verabredung, die man mit dem Meer, den Fischen, dem Himmel und der *Iemanjá*, der Meeresgöttin, die einen behütete, hatte, aufgehoben war. Was war das für ein Gefühl, als sie den *Pão de Açucar* passierten, sein Steinsein spürten. Die Sirenen der Schiffe hörten. Um die Kurve glitten. Zwei Felsen, ein Fort. Die Menschenmenge am Strand sahen, die letzte Welle vorbereiteten. Wieder mussten sie über diese Linie hinweg, die Schwelle vom Wasser zur Erde. Nicht zu langsam durften sie sein, nicht zu schnell. Das Meer konnte die Jangada gerade an diesem Punkt umwerfen. Ein letztes Mal konzentrierten sie sich, nahmen ihre restliche Kraft zusammen. Gingen in die Knie, zogen mit der Leine am Segel, verlagerten ihre Körper. Ein lautes, klatschendes Schwappen. Und sie waren da.

Eine Kapelle spielte, vorbeifahrende Autos hupten, Menschen klatschten, die meisten von ihnen hatten noch nie in ihrem Leben eine Jangada gesehen. Die vier Fischer taten einen Schritt in den Sand, betraten den Boden von Rio; und jetzt geschah eine Verwandlung.

Denn trotz ihres miserablen Zustands waren sie nun nicht mehr die Armen, krank, rachitisch, nervenschwach, aus dem Nordosten. Sie waren Brasilianer.

Sie hatten fast die ganze Distanz der brasilianischen Küste auf einem Floß zurückgelegt, dabei Zentimeter für Zentimeter das Recht gewonnen, ein Mensch zu sein, wie jeder andere Mensch in diesem Land. Nicht mal Worte brauchte man dafür. Ihr Da-Sein sprach es aus.

Alles schien für ihre Ankunft vorbereitet. Mit einem Kran wurde die *São Pedro* samt den vier Jangadeiros auf die Ebene eines Lastwagens gehoben. Der Wagen setzte sich langsam in Bewegung, es ging von der *Praça Mauá* die *Avenida Rio Branco* entlang. Köpfe, überall Köpfe zu ihren Füßen. Tausende von Händen, die winkten. Nun waren die Menschen das Meer, durch das sie glitten. Weiße Blätter regnete es von den Fenstern herunter. Jacaré sah sich in einer Glasscheibe, sein Gesicht seltsam geglättet, entfaltet. Jacaré wagte nicht zu denken, wohin ihr Zug sie führte, wie selbstverständlich. Es war jetzt der Präsident, der sie empfangen wollte. Nicht mehr die Fischer, die davon träumten, vom Präsidenten empfangen zu werden. Als sie am *Palácio do Guanabara* ankamen, öffneten sich die Tore, die Menschen strömten, zu Füßen der Jangada, gemeinsam mit ihnen hinein.

Als Jacaré ein Kind war, gab es einmal ein Fest in seinem Dorf am *Praia do Caponga*. Ein großer Wagen mit einem Losverkäufer stand auf dem Marktplatz, und der kleine Jacaré hatte eine Münze. Für ein Los. Die Vier war da schon seine liebste Zahl. Er wusste nicht, wann und warum das angefangen hatte. Die Namen seiner Tiere hatten vier Buchstaben. Alles, was er liebte. Seitdem tauchte die Vier als ein Zeichen immer wieder in seinem Leben auf. Die Zahl, die alles hielt.

An jenem Tag griff er in den prall gefüllten Eimer nach einem Los und dachte dabei an die Vier. Und an vier mal vier, was sechzehn war: das Höchste, was die Vier als Vier erreichen konnte. Auf einmal wusste er, bliebe er mit der Sechzehn fest genug verbunden, wäre das Los das eine. Das eine, auf dem »Freie Auswahl« stand.

Er ging zu dem kleinen Bach, der neben dem Marktplatz rauschte. Ihm war etwas schwindlig. Vor dem Bach war ein Zaun, und Jacaré zählte die Holzstäbe ab, so weit er zählen konnte. Ihm war flau im Magen, die Stimmen, die Musik, der Losverkäufer verschwommen; er war seltsam fern von der Welt, gleichzeitig war ihm, als befände er sich in ihrem heißen Kern. Am sechzehnten Zaunpfahl nahm er das Los, er war das Los, öffnete es und rollte es mit der Rückseite auf dem Pfahl ab, so dass er nicht sehen konnte, was darauf stand. Aber er wusste, ja, er wusste, selbst wenn er *nicht* dieses eine gezogen hätte, wäre dieses Los jetzt das eine. Als wäre er in diesem Augenblick mit etwas vereint, das die Kraft hatte, alles in der Welt in Bewegung zu setzen. Weil es das tat. Er schloss seine Augen, drehte das Papierchen um, öffnete sie, und es stand da: »Freie Auswahl«.

Ein Gefühl vom eigenen Kleinsein durchströmte ihn. Gleichzeitg spürte er, dass er alles erreichen konnte, wenn er nur das tat, woran er glaubte. Er konnte mit etwas in Kontakt treten, das schon da ist, es hing allein von ihm ab. Er nahm einen großen Affen aus Plüsch mit nach Hause. Konnte wählen, was er wollte. Konnte er das nicht immer? Hatte er nicht immer dieses Los? Hatte es ihm nicht Gott in die Hand gedrückt? Was hatte ihn denn hierhergebracht? Nichts als sein aus tiefstem Herzen Wollen – und die Vier auf einem Floß.

Eine Treppe führte zum Palast hinauf, ein paar Stufen unterhalb des Eingangs stand der Präsident mit zwei Ministern. Die Sonne brannte hochstehend auf ihre nassen Kleider. Jacaré nahm die ersten Stufen, seine Beine schwankten, an seiner Seite Jerônimo, Tatá und Mané Preto. Auf dem Weg musste er ein, zwei Sätze in ein Mikrophon sprechen, das man ihm vor den Mund hielt. »Was war die größte Schwierigkeit auf Ihrer Reise, Jacaré?« – »In dieses Mikrophon zu sprechen.« Die Menge lachte. Fortan redete Jacaré. Wollte ein Reporter Tatá oder Jerônimo etwas fragen, erwiderten sie: »Jacaré hat schon unsere Meinung gesagt«, und Mané Preto ergänzte: »Richtig, es ist ganz egal, wer von uns spricht, weil wir keinen Chef haben. Als wir die Praia de Iracema verließen, schworen wir, dass keiner von uns höher steht als der andere.«

Immer noch barfuß, die Kleider stinkend, zerrissen, so standen sie endlich vor Getúlio Vargas, der sie freundlich anlächelte, jedem die Hand gab, bis Jacaré um das Wort bat.

Eine Stimme, die tausend Jahre nicht sprechen durfte. Sie sprach mit dem ganzen Körper. »Senhor Presidente, wir sind ärmer als die Urubus, denn die

Urubus haben das Dach der Bäume, unter dem sie ruhig und sicher schlafen.« Sie seien nach Rio gekommen, um ihm, dem Präsidenten, der auch ein Vater für sie sei, ihre Situation zu erklären und ihn um Hilfe zu bitten – nicht in ihrem Namen, sondern im Namen aller Jangadeiros. Jacaré sprach nun mit der Kraft und dem Widerstand der Wellen. »Wir vertrauen Ihnen, Senhor, und wir glauben fest daran, dass wir Rio mit einer guten Nachricht für unsere Brüder im Nordosten verlassen werden.«

Eine längere Stille. Der Präsident spannte seinen Rücken an, ergriff das Wort. Er wolle Brasilien zu einem der sozialsten, modernsten Länder der Welt machen, und sie, die Jangadeiros, könnten sicher sein, dass auch sie ihre Rechte bekommen würden. In den nächsten Tagen sollten sie der Regierung furchtlos alles erzählen. Die Menschenmenge applaudierte. Die vier Fischer gaben Vargas die Hand. Der Präsident ging schon wieder die Treppe hinauf, als er sich noch einmal umdrehte, sich an Jacaré wandte: »Macht euch keine Sorgen, es wird euch geholfen werden. Euer Einsatz war nicht umsonst.« Als Jacaré nun dem Präsidenten in die Augen schaute, sich selbst umdrehte, all die Menschen sah, die ihn anschauten, die er doch gar nicht kannte, die nichts mit seinem Leben in der Palmhütte am Praia de Iracema zu tun hatten, verstand er, dass alles zusammenhing. Sein Leben an allem hing. Alle Menschen zusammenhingen. Ob sie wollten oder nicht. So wie er mit Orson Welles zusammenhing, ohne es zu wissen.

*

In dem Jahr, als die vier Fischer ihre Odyssee wagten, reiste auch ein gewisser Walt Disney nach Rio. Der Mann mit dem schmucken Schnauzbart traf Politiker, die ihm nahelegten, einen Film über Brasilien zu drehen. Die schönen Seiten des Landes solle man zeigen; auch eine Maus dürfe darin vorkommen. Fern vom gerade begonnenen Weltkrieg, wollte Brasilien sich unter Visionär Getúlio Vargas neu erfinden. Walt Disney notierte die Idee mit Bleistift auf einer Serviette, brachte sie nach Amerika, wo sie ihren Weg weiter fand. Auch Amerika hatte nämlich Interesse an einem Film, aus ganz anderen Gründen. Man hatte gehört, die Brasilianer sympathisierten mit dem nationalsozialistischen Deutschland – wie ein unscharfes Flackern erschien das am Horizont. Ein Film könnte die gute Nachbarschaft mit Brasilien stärken, im Falle einer Kriegsverwicklung zu einer Allianz führen, so nahm die Idee, eine »Postkarte von Südamerika« zu drehen, unter verschleierten und verborgenen Absichten konkrete Formen an.

Und wer sollte diesen Film machen, wenn nicht das neue Wunderkind aus Hollywood?

Orson Welles arbeitete gerade an seinem zweiten Film, *Der Glanz des Hauses Amberson*, der *Citizen Kane* an Kunstfertigkeit noch übertreffen sollte.

Die Film-Ambersons zählten Ende des 19. Jahrhunderts zur höheren Gesellschaft, wie die Familie Welles, »in jenen Tagen kannte dort jede Frau, die in Seide und Samt ging, alle anderen Frauen, die Seide und Samt trugen«. Es war eine Zeit, in der man Zeit für alles hatte: Schlittenfahrten, Bälle, Gespräche. Was nicht vor Unglück, dem frühen Tod der Mutter, schützte. Am Filmanfang donnert der kleine Sohn George mit fliegenden Korkenzieherlocken in seinem Ponywagen durch die Stadt und fährt alles nieder, was nicht rechtzeitig zur Seite springt. Wie der kleine George Orson Welles ein Kindmann, der nicht aufzuhalten war, mit dem, was er zu zeigen, zu sagen, zu leben hatte.

So war es kein Wunder, dass der Regisseur Ja sagte, als er von Präsident Roosevelt gebeten wurde, mit einem besonderen Auftrag nach Südamerika zu reisen. Der Mann, der über das Radio den Menschen einen Marsianer-Angriff glaubhaft machte, halb Amerika in Weltraumpanik versetzt hatte, entschied sich für die Grundlage der wahren Begebenheit. Er dachte sich einen Titel aus – »It's all true« –, ohne zu wissen, wovon er sprach. Vier Episoden wollte Welles zu einem Südamerikabild verbinden. Die Wurzeln des Sambas, der Karneval von Rio, die Freundschaft eines kleinen Jungen zu einem Stier.

Was Orson Welles fehlte, war eine vierte Geschichte.

*

Jacaré, Tatá, Jerônimo, Mané Preto blieben fünfzehn Tage in Rio. Der Präsident verankerte noch in dieser Zeit ein Gesetz, das die Fischer aus dem Nordosten gleichstellte mit jedem einfachen Arbeiter im Land. Sie waren im Kleid des Cajueiro-Baums gekommen und verließen Rio in dunklen Anzügen, bestiegen ein Flugzeug, das sie in sieben Stunden und einundzwanzig Minuten, ein neuer Rekord, zurück nach Fortaleza brachte. Ihre Jangada *São Pedro* blieb vorerst in Rio. Aus kleinen Bullaugen sahen sie das Meer, Jacaré fragte sich, ob es so tief war, wie hoch sie über ihm waren. Er spürte, wie das Flugzeug in der Luft trieb, ähnlich der Jangada im Meer. Die Luft war stark wie das Wasser, wenn sie an dem Flugzeug rüttelte. Doch als er einmal aufstand, durch den Flur ging, konnte er sie nicht spüren. Sie packte seine Füße nicht, schmerzte nicht in seinen Knien. Die Luft erreichte seinen Körper nicht.

Wieder und wieder las Jacaré den Brief seiner Tochter Maria Olímpia, genannt Baiana. *Papa, komm bald wieder. Wir vermissen dich so.* Als sie endlich aus der silbernen Blechhülle stiegen, sahen sie ihren großen, weiten Himmel wie ein Gemälde mit den vor Hitze erstarrten Wolken. Sie sahen die Menschen darunter. Jacaré sah nur einen Menschen. Ihre Blicke fanden sich, gingen von einem durch den anderen ins Unendliche oder in die Seele, was das Gleiche war. Jacaré wusste in diesem Augenblick, dass sie ihr ganzes Leben hatten. Dass sie es gemeinsam hatten. Ihre Liebe hatte etwas Unverwüstliches bekommen.

Das ganze Land hatte sie als Helden gefeiert, doch nichts war das im Vergleich zu dem, was die Jangadeiros in Fortaleza erwartete. An Festen, Empfängen, Umarmungen, Schulterklopfen, an Medaillen, auf »Jacaré« getauften Fischen, Krebsen, die ihnen zu Ehren im Kreis liefen. Jacaré schwirrte der Kopf. Nachts kam er nicht zur Ruhe. Strich seinen Kindern über den Kopf, die in der Hängematte schliefen. Ging nach draußen, legte seine Füße ins Wasser, sprach mit einer Qualle, beriet sich mit einem Cajueiro. Da lag sein Strand. Das weiße Glänzen der Schaumkronen unter dem Mond, ein Wasserspiegel. Jacaré spürte keinen Schmerz mehr. Alles schien ihm so klar. Die Prüfungen, die er bestehen musste, um an einen höheren Platz zu gelangen.

Er dachte an ihre Fahrt. An den Betrug von Josefina. An ihren Hirten-Vater mit dem Stock. Tausende winkende Hände in Rio. Die Jangada auf dem Lastwagen. Den Kummer beim Abtreten der Fische. Und all diese Dinge waren gleich. Sie hatten nur noch eines gemeinsam: dass sie in der Vergangenheit lagen. All diese Dinge, vergangen. Nur das Meer zu seinen Füßen war beständig. Dieses dröhnende Meer, das die Erde nicht erdrückte, zu keinem Mittelpunkt hin zog. Das Meer war da. Er war da. Nun würde ein neues Leben beginnen.

*

Zwei Monate später fielen die Japaner in Pearl Harbor ein. Am nächsten Tag, dem 8. Dezember 1941, Amerika war jetzt im Krieg, erschien im TIMES Magazine ein Artikel mit der Überschrift »Vier Männer auf einem Floß«. Orson Welles saß in Los Angeles beim Frühstück, las all die Kriegsnachrichten und dann diese kleine hoffnungsvolle Geschichte. Von vier armen Fischern in Brasilien, die auf einem Floß alle sozialen Grenzen überwanden, bis zu ihrem Präsidenten vorgedrungen waren, um ihn um Hilfe zu bitten. So etwas Einfaches, Gerades. Die Radiostimme sprach am Ende des Zimmers, am Ende der Stadt unverständlich weiter.

Welles legte sein Marmeladenbrötchen nieder, ließ den Kaffee kalt werden. Etwas in ihm öffnete sich. Er hatte seine vierte Geschichte gefunden.

Wenige Wochen später tippte Roosevelt Orson Welles symbolisch auf die Schulter. Nordamerika soll Südamerika kennenlernen. Südamerika soll Nordamerika mögen. Es wird Zeit für den Film.

*

Das Leben am Praia de Iracema ging zunächst wie gewohnt weiter. Wieder fuhren sie im Morgengrauen hinaus, kamen am Abend zurück. Bloß zahlten sie jetzt der *Colónia dos Jangadeiros* eine geringe Leihgebühr für das Floß, durften dafür ihren Fang behalten. Alle Fische. Das war das Erste, was sich geändert hatte – das Zweite war, was immer kam. Je höher die Welle gebrochen war, desto stärker zieht sie sich wieder zurück. Leute begannen zu reden, Zeitungen zu schreiben, immer mehr zielten die Gespräche hinter vorgehaltener Hand in Richtung Jacaré. Der Held, der zu viel redete. Der glaubte, er wäre ein Besserer als sie. Der seltsame Kontakte in Rio geknüpft hatte, mit kommunistischen Politikern. Der … Wie so oft, wenn etwas Großes, Schönes geschehen ist, lauert dahinter die Schlange, die es fressen will. Der Neid sucht sich seine versteckten Gänge bis zu den Pforten der Seele, verfälscht die Gefühle, benutzt die Menschen für seine eigenen Zwecke. Denn sie wissen nicht, was sie tun. Welche Kraft sie treibt, wem sie ihre geben.

Ich verrate euch etwas.

Seit der Teilung von Wasser und Land ist das wenigste, wirklich das wenigste wahr. Seitdem die Dinge getrennt voneinander sind, haben die Menschen angefangen, nicht wahr zu sein. So zu tun, als hätten sie etwas nicht gesehen. Als hätten sie mehr gesehen. Nichts zu sagen. Oder das Falsche zu sagen. Nicht zu sagen, wer sie sind, oder nicht zu wissen, wer sie sind. Alles war dasselbe: Nicht wahr.

Die Menschen sterben sogar, ohne zu wissen, wer sie sind. Weil sie das Netz nicht mehr sehen können. Seit der Trennung von Wasser und Land sind Wahrheit und Lüge Schleier. Statt zum Grund der Dinge zu gehen, legte man einfach mehr Schichten darüber, ein Tuch nach dem anderen. Als gäbe es kleinere und größere Lügen, höhere und tiefere Wahrheiten. Es gibt aber nur eine Wahrheit. Einen Grund. Ein Netz. Unter dem Stein. Unter dem Singen der Vögel. Unter dem Schreien der Kraniche.

Unter jedem Wort, jedem Blick, jedem Menschen.

Jacaré sah in den Augen der anderen etwas, das er verabscheute: Die Menschen stellten Fragen, ohne Fragen zu stellen.

So fanden sie ganz allein ihre falschen Antworten.

Jacaré litt unter den Anschuldigungen, aber er hatte etwas Einfaches gelernt. Wenn ihm jemand ein Päckchen mit etwas Faulem darin geben wollte, und er nahm es nicht an ...

Wer behielt dann das Päckchen?

*

Orson Welles' erste Episode, die Geschichte von der Freundschaft zwischen dem Jungen und dem Stier, war in Mexiko abgedreht. In den ersten Februartagen 1942 landete er in Rio, wo der Karneval begann. Welles wäre fast in Rio geboren worden. Seine Eltern lebten in Brasilien, kehrten erst einen Monat vor seiner Geburt zurück nach Amerika. Nun freue er sich, seinen Geburtstag zum ersten Mal in Rio zu feiern, 27 Kerzen. Das erzählte er auf einem der Bälle im Casino oder auf der Straße. Die Scheinwerfer eines alten Flugzeugs nutzte er als Beleuchtung, um nachts die tanzenden Menschen in ihren buntschillernden Kleidern filmen zu können. Er wusste nicht genau, was er filmte. Er hatte kein Skript. Er war das Skript. Zudem war er ständig mit den Schnittanweisungen für die Ambersons beschäftigt, wo sich ein Desaster abzeichnete. Die Testzuschauer zerrissen den Film, das Studio legte in Welles' Abwesenheit panisch eigene Hand an. Die Telegramme zwischen Hollywood und Rio flogen hin und her – doch Welles' Wünsche landeten im Papierkorb. Zu viele Hände hatten schon in den Film geschnitten, ihn zerschnitten, so dass am Ende von Welles' Fassung 43 Minuten fehlten. Er konnte sich den Film ein Leben lang nicht anschauen, ohne dass sich seine Brust zusammenzog. Es war auch seine Familie, die er durch die Ambersons erzählte, die nun jemand falsch erzählte. Der Ponywagen des kleinen George war in voller Fahrt umgekippt. Vielleicht war es diese Enttäuschung, die in Orson Welles den Wunsch verstärkte, etwas wirklich Geschehenes zu drehen. Das konnte man nicht wegschneiden.

So entfernte er sich stillschweigend von der Postkarte.

Er begann nach den Wurzeln des Karnevals in den Favelas zu suchen, drehte im Armenviertel eine Voodoo-Zeremonie, zeigte Schwarze statt Weiße. Und er wollte die vier Fischer so bald wie möglich nach Rio holen, ihre Geschichte erzählen. Nichts wollte er daran ändern. Diese Männer bestanden nicht aus Erwartungen. Diese Männer hatten etwas getan.

*

Ein Junge brachte ein Telegramm in Jacarés Schilfhütte. So erfuhr er, dass ein großer Hollywood-Regisseur ihre Geschichte verfilmen will. Zunächst dachte Jacaré, er hätte das Lesen wieder verlernt. Die Buchstaben im Kopf durcheinandergewirbelt. Aber dann zeigte er das Telegramm der zehnjährigen Baiana, die nun in die Schule ging, und sie sagte nur: »Musst du wieder weg, Papa?«

Er schlief eine Nacht darüber, sprach mit Josefina, dann sagte er Ja. Jerônimo, Tatá und Mané Preto hatten sich schon einverstanden erklärt. Jacaré wusste nicht, was es bedeutete, in einem Film zu spielen. Aber er war froh, nun den Menschen zeigen zu können, was sie wirklich getan hatten. Sie an ihrer Fahrt über das Meer teilhaben zu lassen. Vielleicht würden sie dann verstehen. Und das Geld, das sie bekommen würden: Davon konnten Josefina und Jacaré fast ein Jahr leben. Sie hatten nun neun Kinder zu versorgen. Das jüngste, Pedro, war nicht mal zwei Monate alt. Er wurde nach der *São Pedro* benannt, der Jangada, die sie so weit getragen hatte – die jetzt in Rio wieder auf sie wartete.

Josefina zögert. Sie hat kein gutes Gefühl. Sie möchte nicht, dass er fährt. Noch einmal. Wieder hat sie den Traum, in dem sein Gesicht zu einer Fratze verläuft. Aber sie bleibt still. Sagt ihm nichts. Später wird sie es der Sonne erzählen. Die Sonne. Es muss in die Sonne. Die schon da war, als hier noch nichts war.

Jacaré drückt seine Kinder, die mit ihm über die Düne gelaufen sind, wo die Sandstraße beginnt. Er trägt den Anzug und den Hut, geht winkend die Straße hinunter, eingerahmt von den Palmen.

Baiana, heute mit 84 Jahren, erinnert sich lebhaft daran. Das letzte Bild von ihm. Papa geht die Straße hinunter. Er fährt nicht mit einem Floß hinaus. Er geht die Straße hinunter.

Josefina kommt mit ihrem Neugeborenen, Pedro, zum Hafen, wo das Schiff wartet. Jacaré nimmt sie tief und fest in den Arm. Er möchte ihr so viel sagen. Dabei möchte er ihr nur sagen, dass er sie liebt. Nur das. Das jeden Tag. Er küsst sie, dann nimmt er das Baby ein letztes Mal in den Arm. Schaut ihm in die Augen und sieht es in seinen Augen. Man wird nicht nur geboren. Man wird nicht nur gezeugt. Man kommt von weit her.

Man geht weit weg.

*

Zum ersten Mal begegnen sich der Fischer und der Regisseur im *Copacabana Palace*. Jacaré betritt das Hotel, das ganz weiß ist. Es riecht nach Lavendel. Seine Füße sinken in den dicken Teppich. Er sieht Menschen herumgehen, die so wirken, als müsste man sie kennen. Hunde, die an Leinen zurückgehalten werden. Blumen, die in riesigen Vasen vom Menschen berührt sind, nicht von der Natur. *Frauen, die Seide und Samt tragen und alle anderen kennen, die Seide und Samt tragen.* Orson Welles sitzt draußen am Pool. Raucht eine Zigarette, trägt ein weißes Hemd. Jacaré sieht nur seine Pausbacken und die weinerlich gerunzelte Stirn. »Guten Tag, Herr Welles!« – »Guten Tag, Senhor Jacaré!«, sie geben sich die Hand. Hände, die so unterschiedliche Geschichten erzählen und nun Brüder werden. Verbunden ein Leben lang.

Orson Welles bittet Jacaré, von ihrer Fahrt über das Meer zu erzählen, unterbricht ihn, stellt Fragen. Ein Dolmetscher übersetzt ihre Worte in die andere Sprache. Welles lacht über Jacarés klaren Humor, er weckt etwas Euphorisches in ihm, wie es sonst ein Glas Champagner tut. Etwas war neu und anders. Vielleicht weil er zum ersten Mal, wie in einem Spiegel, die vor seinem Geist gestapelten Pakete sieht. George Orson Welles, geschult von den Dinnerpartys seiner Mutter, so talentiert und angefüllt mit kreativen Schätzen – sich selbst musste er darin finden. Es in eine Ordnung durch Berührung bringen. Das ging nur durch Vereinfachung seiner selbst. Das war der Weg. Es ist immer nur der Weg. Hin zum Einfachen. Was nicht heißt, es sei einfach oder arm, sondern wesentlich. Das sah Orson in Jacaré. Der das ganz natürlich in sich trug. Am Ende ihres Gesprächs bat Orson Welles den Fischer Jacaré um ein Autogramm, der nun kein Fischer mehr war, sondern ein Held und bald sein Schauspieler. Jacaré, der noch nie zuvor den Namen Orson Welles gehört hatte, unterschrieb auf einem Papier, in kindlicher Schrift. Bevor er aus dem weißen Hotel in die Sonne trat, sagte er zu ihm: »Herr Welles, auch wenn Sie immer ein Gesicht wie ein *bebê chorão* machen, es wird schon alles gut werden.«

*

Die nächsten Tage. Jacaré flickte die Löcher im Segel der *São Pedro*, schliff ihren Mast ab, dankte ihr mit jedem Handgriff, dass sie ihn und die anderen drei sicher hierhergebracht hatte.

Der Regisseur fuhr mit ihm zum Fischen hinaus. Schon nach ein paar Metern konnte man seine Kleider zum Trocknen aufhängen, ein wackliges Stück Holz unter seinen Füßen, das Meer rückte ihm auf, in den Leib, und doch, mit Jacaré trug es ihn sicher. Jacaré ließ Orson Welles mit dem Strick das Segel setzen, ermahnte ihn, nicht zu sprechen, warf ihm einen bösen Blick zu, wenn er ansetzte, eine Arie zu singen. Der Jangadeiro war ein Meister im Stillsein. Der Viehhirte im *Sertão* verliert seine Rinder durch einen fehlenden Ruf, der Jangadeiro auf dem Meer verliert seinen Fisch durch ein einziges Wort. Der Fischer zeigte dem Regisseur die wichtigsten Handzeichen. Dann ließ Jacaré die Schnur, den Blick tiefer ins Wasser gleiten. Er war mit seiner Sache verbunden. Weil er sie mit Hingabe tat. Er dachte an den Fisch. Nicht an sich. Nicht, dass er den Fisch haben wollte. Er dachte nur an den Fisch.

Auch weil er seinen Namen nicht richtig aussprechen konnte, nannte Jacaré Orson Welles weiter *bebê chorão*. Als hätte der Fischer von Anfang an die Kinderseele erreicht, die sich ein Leben lang neue Maskierungen ausdachte, in der Postur des starken Baumes über die ihm geschehenen Ungerechtigkeiten jammerte und eines der größten Genies der Filmgeschichte werden sollte. Doch Jacaré sah in den Augen von Orson Welles auch den Respekt, den sie in sich für den anderen entdeckten, wie eine kleine Kostbarkeit, und so fing er an, ihn irgendwann *Arabaiana* zu nennen, seinerzeit der edelste Fisch, der an der Nordostküste Brasiliens schwamm.

Orson Welles flog für drei Tage nach Fortaleza, traf Jerônimo, Tatá und Mané Preto, nahm mit ihnen an einem Jangada-Rennen teil, bei dem ihm beinahe der Holzmast des Segels einen Schlag versetzte, den der Präsident des Jangada-Clubs blitzschnell abfing, dabei selbst leicht verletzt wurde.

Als Orson Welles zurückkam, in Rio grinsend aus dem Flugzeug stieg, trug er einen Jangadeiro-Hut. Die Fischer flechten ihn aus getrockneten Palmblättern, bestreichen ihn mit weißem Lack zum Schutz vor der Sonne. Jacaré schüttelte lachend den Kopf: »Arabaiana, der Hut steht Ihnen nicht. Sie müssen ein paar Kilo abnehmen und weniger Milch trinken, ich habe noch nie einen so weißen Jangadeiro gesehen.«

Auch Jerônimo, Tatá und Mané Preto reisten die 2381 Kilometer hinunter nach Rio. Orson Welles wollte, in umgekehrter Reihenfolge, mit der Verabschiedung der vier am Flughafen beginnen, dann die Szene, als die Jangada an der *Praça Mauá* auf den Lastwagen gehoben wird. Schließlich, als Höhepunkt, die triumphale Ankunft der Jangada am Strand von Rio. Danach würde Orson Welles mit den Fischern nach Fortaleza reisen, um ihre Fahrt von Anfang an nachzufilmen. Diesmal würde er nicht in den Zauberkasten greifen. Diesmal würde er nur geschehen lassen, was schon geschehen war.

In Hollywood war man unterdessen nicht glücklich, was man aus Rio von den örtlichen Behörden hörte. Der Regisseur würde nur Arme und hüpfende Schwarze filmen! Was ist mit der Postkarte, den Bikinischönheiten, den Stränden! Warum dreht er nicht den Zuckerhut, wie jeder andere auch? Das Studio dachte darüber nach, die Episode »Vier Männer auf einem Floß« abzusagen. Zu viel schien zu Beginn des Krieges auf dem Spiel zu stehen. Zu vage waren die Richtungen, in denen sich die Nationen der Welt täglich bewegten. Doch Orson Welles konnte sie überzeugen, dass dies der wichtigste Teil des Films sei. Man solle ihm nur vertrauen, wie man es bei *Citizen Kane* getan hatte.

Am 13. Mai 1942 standen Jacaré, Jerônimo, Tatá und Mané Preto zum ersten Mal vor dem Apparat mit der gläsernen Linse. Sie trugen ihre Anzüge, die Hüte, stiegen die Gangway hinauf, winkten in die unsichtbare Menschenmenge. Ein Flugzeug, das war für einen Jangadeiro so ungewöhnlich, als würde er auf dem Rücken eines Kondors nach Hause fliegen. Jetzt im Bewusstsein, ohne die Euphorie des Nachhausekommens, noch mehr. Für ihre echte Rückfahrt waren schon die Schiffskarten reserviert. Sie stiegen also wieder in dieses Flugzeug, das sie schon einmal zurück zum Anfangspunkt gebracht hatte. Nur war jetzt eine Kamera dabei. Ein Ohr, ein Auge. Ein fremdes Element.

Schauspieler müssen im Moment der Aufnahme vergessen, dass sie Schauspieler sind. Orson Welles wollte in seinen Filmen immer, dass sie der Kamera nichts *vorspielen*. Aber die Fischer hatten doch gar keine andere Möglichkeit. Als etwas vorzuspielen. Eben weil sie keine Schauspieler waren.

Am 16. Mai hoben sie die *São Pedro* aus dem Meer, über den Strand, auf den Asphalt. Der Lastwagen. Zum Präsidenten. Die Jangadeiros trugen ihre von der Fahrt zerrissenen Kleider, winkten wieder in die Menge.

Und am 19. Mai, und ich schreibe das an einem 19. Mai, war sein letzter Tag gekommen.

Ich schreibe mit meinen Füßen im Wasser. Meine Füße sind im Wasser, weil seine Füße im Wasser sind. Ich schreibe, weil seine Hände im Wasser sind. Sein Herz im Wasser ist. Ich denke an seine Kinder; es sind Großmütter, Großväter, die immer noch Kinder sind. Immer noch ihren Vater verloren haben. Sich immer noch an den Händen halten, wenn sie eine Straße überqueren. Weil sie sich früh nur aneinander festhielten. Ich denke an Pedro, der ein Baby war: ein alter Mann mit krummen Beinen, gütigem Lächeln, einer Brille mit Bändern, der immer noch »mein Papa« sagt. Das hört nicht auf. Die Eltern hören nicht auf zu leben, selbst wenn sie tot sind, sie hören nicht auf zu leben, bis man selber stirbt. Pedro, der dem Trauern von Josefina Brust an Brust ausgesetzt war. Ihre vielen Tränen in seinen kleinen Körper nahm. Baiana, die weiter Briefe schrieb, an den Vater, der nicht mehr antwortete. Ein Jahr lang trugen die Kinder in der Hitze des Nordostens schwarze hochgeschlossene Kleider.

An diese Kinder muss ich denken an diesem 19. Mai, heute vor 74 Jahren, ein bewölkter Tag in Rio. Am Morgen fielen ein paar Regentropfen, aber es hatte milde Temperaturen. Nichts deutete auf unruhiges Wetter hin. Ein Motorboot zog die *São Pedro* an einem Strick in die Bucht von Tijuca. Orson Welles gab Jacaré von einem Beiboot aus letzte Anweisungen für die Szene des Ankommens. *Ich will, dass ihr es genau so macht, wie es war.* Er schlug Jacaré mit einem *Los geht's* in die Hand, ließ sich an den Strand fahren, wo seine Kamera stand. Das Auge, das Ohr. Nahm das Bild in den Rahmen, studierte den Schatten, das Licht an den Rändern. Jacaré schaute in den Himmel, der immer dichter zuzog. Der Brandgeruch aus dem kalten Wasser, den er so gut kannte. Das Meer schlug jede Minute lauter ineinander. Jerônimo nickte ihm zu. Es wäre gut, wenn sie sich beeilen. Was macht Welles so lange? Um sie herum ankerten Boote und Yachten, die ihnen die Sicht versperrten. Der Wind pfiff, das Seil schnitt vertraut in die Finger. Mané Preto, Tatá waren an der Seite des Floßes. Jacaré vorne. Sie standen auf der schaukelnden *São Pedro*, von ihren Händen gebaut. Sie trugen ihre Kleider. Aber sie waren nicht mehr die Fischer, die nach zwei Monaten auf See mit zittrigen Beinen, nassen Kleidern in Rio ankamen. Ihre letzte Kraft vereinten. Das Ziel vor Augen. Sie waren nicht mehr vier, die für alle sprachen. Für ihr Recht. Sie waren keine Jangadeiros mehr.

Ich will, dass ihr es genau so macht, wie es war. Sie konnten es ja nicht. Gerade wegen der Kamera. Normalerweise würden sie jetzt das Segel einrollen, um weniger

Wind zu haben. Aber bei einer Filmszene konnten sie nicht mit eingerolltem Segel fahren. Sie würden auch nicht warten, bis Welles die Kamera eingestellt hatte. Sie würden mit dem Wind gehen, mit dem Meer, der höheren Kraft, der sie vertrauten. Welles hob die Hand. Es waren nur fünfzig Meter bis zum Strand. Der Himmel schwarz, blechern glänzend. Die Schwelle, sie mussten wieder über die Schwelle.

Es war eine Welle, der er früher einen Namen gab. Es war eine Welle, die auf ihn zukam, wie Millionen andere zuvor. Es war eine Welle, die an seine Waden klatschte, als Kind im Sand. Warum sollte diese anders sein? Sie kam aus demselben Universum, demselben Planeten, demselben Land, demselben Korridor, aus dem alle Wellen kommen.

Vielleicht war sie nur größer als die anderen.

Ich will, dass ihr es genau so macht, wie es war.
    Was war, war nicht mehr da.
    Was Orson Welles suchte, war vergangen.
    Die alte Wahrheit ersetzt eine neue.

Die Welle, sie reißt die Jangadeiros ins Meer.

Die Vögel. Die krummen Bäume. Die Felsen. Die Muscheln. Die Sonne.

Alle stumme Zeugen.

Drei kleine Köpfe tauchen in den Wellen auf. Einer taucht nicht wieder auf.

Das Letzte, was Jacaré sieht, ist das Gesicht von Josefina. So nah vor sich, dass er es berühren kann. Er hebt noch die Hand. Dann ein kaltes, schweres Brodeln, der schauerliche Rachen.

Das Meer, aus dem er die vielen Fische geholt hat. Nun verschlang es ihn.

*

Man hätte Schnüre spannen können. Von einem Ende der Welt zum anderen. Vom Mond bis zum Meeresboden. Von der *Estrela do Norte* bis zum *Cruzeiro do Sul*. So groß war der Raum, in dem Jacaré fehlte. Und das war nur im Herzen von Josefina. Nicht zu sprechen von den anderen Herzen. Große und kleine.

Was war im Herzen von Orson Welles?

Ein Tumult.

Er weinte am Strand. Ließ mit Tauchern nach Jacaré suchen. Ging zurück in das Hotel, sah den gedeckten, leer bleibenden Platz am Abendbrottisch. Er hatte keine Ahnung, wie er damit umgehen sollte. Er war einer falschen Vorstellung gefolgt. *Ich will, dass ihr es genau so macht, wie es war.* Nichts war mehr, was es war.

Noch am selben Tag erhielt er ein Telegramm aus Amerika. Der Film sei zu Ende. Er solle seine Sachen packen und nach Hause kommen.

Orson Welles antwortete nicht. Er blieb in Rio, ließ weitersuchen, weitertauchen, nach Jacaré. Aber auch nach drei Tagen kam kein Walfisch und spie ihn an Land. Und nicht nach 43 Jahren, als Orson Welles die Welt verließ.

Er sprach mit Jerônimo, Tatá und Mané Preto, die nur die Köpfe schüttelten, nicht verstanden, was passiert war. Die beteten, zur *Iemanjá*, zu *São Pedro*, dass die Heiligen Jacaré zurückbringen mögen.

Man hätte Schnüre spannen können. Von einem Ende der Welt zum anderen. Vom Mond bis zum Meeresboden. Von der *Estrela do Norte* bis zum *Cruzeiro do Sul*.

In diesen leeren Raum fuhr Orson Welles – und kam in Fortaleza an.

*

Was war mit Jacaré geschehen? Wie kann er, der so schnell wie ein Krokodil schwamm, einfach untergehen? Hat keiner etwas gesehen? Mit eigenen Augen? Nicht mal die drei Fischer waren sich einig. Jerônimo sagte, Jacaré kraulte hinter ihm, in Richtung Ufer, wie er selbst sei er immer wieder von der starken Strömung unter Wasser gezogen worden, einmal hörte er Jacaré rufen: »Schwimm! Schwimm!« Tatá sah Jacaré in die andere Richtung schwimmen. Nicht zum Strand, sondern hinaus aufs Meer. Und Mané Preto sah, wie der brechende Holzmast Jacaré einen Schlag auf den Kopf versetzte. Er habe noch die Hand gehoben, bevor er unterging. Die *New York Times* schrieb, der Fischer sei in einen Kampf zwischen einem Hai und einem Oktopus geraten, den man gerade filmte. Der Sog der beiden Bestien hätte ihn hinabgezogen. Als Tage später an der Küste von Rio ein Hai gefangen wurde, in dessen Eingeweiden sich tatsächlich menschliche Körperteile fanden, schien Jacaré gefunden. Doch im Bauch des Hais waren Goldzähne. Da Jacaré keinen einzigen Goldzahn trug, war es auch damit geschehen.

Dann die Insel Cagarras, in der Bucht von Rio. Eine hohe, steil abfallende Felsinsel, unerreichbar mit bloßen Händen. Über dem Steinplateau flogen Tausende kreischende Vögel, Tag und Nacht. Es war ganz und gar sonderbar, und weil es keine Erklärung für das aufgeregte Kreisen der Vögel gab, verbreitete sich in den folgenden Jahren der Glaube, Jacaré lebe dort oben – und die Vögel huldigen ihm. Weil das Erdreich nicht die Wahrheit herausgab, blühte die Phantasie. Weil man keine Antworten fand, erfand man welche.

Die Kinder glaubten, ihr Vater sei getötet worden. Eine Tochter sah in einer spirituellen Sitzung, wie Jerônimo ihm einen Schlag mit einem Stück Holz verpasste. Josefina glaubte, ihr Mann sei nach Amerika gebracht worden. Verschleppt, weil er in Zeiten der strengen Zensur zu viel redete. Mit jedem Tag wurde das Wasser, in dem man nach ihm suchte, ein wenig dunkler. Faul, trüb. Ich verrate euch etwas. Der Schmutz ist *im* Wasser. Wasser selbst ist rein. Der Schmutz berührt die Tropfen, aber dringt nicht in sie ein. Das musste man wissen. Das muss man wissen, um sich vom fauligen Wasser im eigenen Herzen zu befreien. Der Schmutz ist im Wasser. Aber er dringt nicht in die Tropfen ein.

Kein vom Felsen zerschmettertes Gesicht, keine Wangen, aus denen langsam die Wärme weicht, kein friedlich eingeschlafen. Keine Schritte hinauf zur Aussegnungshalle, keine Blumen, keine Kälte, kein Geruch, frisch und morsch, kein letzter Blick. Kein Sarg. Keine zwei Bänder, die ihn hinunterlassen. Kein ›Und wenn wir das Grab aufmachen?‹.

In der Nacht vor seiner Abreise nach Fortaleza hatte Orson Welles einen Traum. Er sah die Jangada mit ihrem weißen Segel in Rio ankommen. Nicht vor der Kamera. Sondern als sie wirklich ankam. Als sie mit allen guten Kräften des Universums vereint war. Als sie es verdient hatte. Eine Heldentat war heilig. In dem Augenblick, in dem sie geschah. Darf man sie demonstrieren? Darf man sie noch einmal zeigen? Diese Fragen stellte ihm der Traum.

*

Fortaleza, Juni 1942. Da waren die Schilfhütten der Fischer. Dahinter die Düne, auf der ein paar Esel nach verdorrtem Gras suchten. Krumme Palmen, von der Hitze verbogen. Schließlich der riesige Himmel, von dem Jacaré glaubte, er würde nicht zur Erde gehören. Die Menschen barfuß. Fast jeder trug ein oder zwei Fische in der Hand. Im Sand abgebrochene Flossen. Sie schnitten die Kiemen auf, das Maul knackste, jemand zog langsam eine Schnur hindurch. Gesichter, die ihn anschauten. Der Fischer, der sein Floß hinausschob. Die Frau, die in den Krämerladen ging. Der Junge, der in den Sand eine Jangada malte. Diese Gesichter hatten nichts zu verbergen und nichts zu zeigen. Sie waren einfach.

Orson Welles musste an sein erstes Dinner in Hollywood denken. Sogar Maharadschas und Fürsten waren geladen. Und er, der junge Regisseur, wurde gebeten, eine Rede zu halten. Er war aufgeregt, begann eine lustige Anekdote zu erzählen, die er an jenem Tag gehört hatte. Mit einem Mal wurde ihm bewusst, dass er vergessen hatte, wie sie ausging. Er erzählte weiter, in der Hoffnung, er könne ein gutes Ende erfinden. All die feinen Leute schauten ihn an. Weil die Geschichte sehr langweilig war, wussten sie, sie konnte nur aus einem einzigen Grund langweilig sein: Sie hat ein überraschendes Ende. Wie, um Himmels willen, komme ich aus dieser Situation heraus, dachte Orson Welles, während er weitersprach. Ich könnte so tun, als ob ich ohnmächtig werde. Hinausstürzen wegen eines Nervenanfalls. Heimlich und still bat er Gott, ihm zu helfen – und da kam die Wirklichkeit zur Hilfe. Der Kronleuchter über ihm klirrte, knallte auf den Tisch, die Leute sprangen auf die Tische: Ein Erdbeben erfasste Kalifornien.

Und es ist noch nicht mal gewiss, ob diese Geschichte stimmte. Aber ihre Pointe war gut. Das war es, wonach er ständig suchte.

Hier gab es keine Pointe. Hier gab es nur nackte Gesichter, in die er blicken musste. Denen er sich stellen musste. Die ihn fragten. Wo ist Jacaré. Was ist passiert. Gesichter, die weinten. Andere waren gleichgültig.

Andere fanden gar eine stille Freude. Aber alle waren nackt.

Und Josefinas Gesicht? Sie war klein, hatte den durchdringenden Blick einer *cabócla*. Bei ihrer ersten Begegnung mit Jacaré hob sie eine Stickerei vor ihr Gesicht, um ihr Lächeln zu verbergen. Jetzt gab es nichts mehr zu verbergen. Ihr Blick war nicht mehr durchdringend, er war roh. Verletzlich, verletzt. Ihre Augen waren es gewohnt, zu warten. Weit hinauszuschauen auf das Meer, warten auf das Unerreichbare, warten, ob vielleicht ein Punkt auftauchte, der der eigene Mann war. Der Wind stäubte den Sand in die offene Hütte. Orson Welles sah Jacarés Hängematte, wie sie leicht hin und her schaukelte. Durch das kleine eckige Fenster fiel das Licht auf den Stoff, machte einen quadratischen Fleck Licht. Die Sonne, aus der alles kam, aus der alle kamen. Die Augen von Josefina, so weit sie schauen konnten, so tief waren sie jetzt. Ihr Blick machte den kleinen Raum zentnerschwer, legte ihn in Schutt und Asche. Orson Welles sank vor diesem Blick. In die Knie. Was gab es zu sagen. Es gab nichts zu sagen.

Nur zu sehen.

Hinauszugehen. Mehr Gesichter, die aus den Hütten schauten. Vom Meer kamen. Auf der Straße lauerten. Orson Welles kam der Gedanke, dass Jacaré nicht nur von diesen Menschen gegangen war, sondern von allen Menschen. Alle lebten nun in einer Welt ohne ihn. Ob sie ihn kannten oder nicht. Indem er von allen gegangen war, waren alle miteinander verbunden.

Er musste auf diese Gesichter antworten. Sie zeigen, wie sie jetzt waren. Da war sie. Nicht in der Vergangenheit. Wenn ihr die Wahrheit finden wollt, müsst ihr sie im Augenblick suchen. Nur dort könnt ihr sie berühren.

Schuld. Es war keine Schuld, die Orson Welles spürte. Schuld gab es nicht. Verantwortung gab es. Er würde diesen Film drehen. Ohne Jacaré. Mit Jacaré. Für Jacaré. Er bekniete Studio und Diplomaten, ihn »Vier Männer auf einem Floß« beenden zu lassen. Die Amerikaner zweifelten, und doch fürchteten sie, die Brasilianer zu enttäuschen, falls man die Geschichte ihres Helden nicht zeigte. Leere Hände hatte. Mitten im Krieg. Hollywood ließ Orson Welles gewähren, unter strengen Bedingungen. Zehntausend Dollar Budget, wenige Meter Film, 47 Minuten ergaben sie am Ende, und jede Aufnahme musste sitzen. Eine Kamera, die nur Stummbilder aufnahm, keine Beleuchtung. Ein Kameramann, ein Assistent. In seiner linken Brusttasche ein Zettel mit der Reihenfolge der Szenen. Mehr nicht. Orson Welles war zufrieden. Nun würde er das tun, was er tun *konnte*. Nun fuhr er auf einem Floß.

An diesem Abend schlief er am Strand. Tief und traumlos. Im Morgengrauen weckte ihn nicht das Rauschen der Wellen, es waren die Stimmen der Vögel. Er hörte die Vögel reden. Sie sprachen miteinander. Ein Vogel wiederholte, was der andere sagte, ein dritter antwortete. Sie sprachen so hoch miteinander, so hell, dass sie kaum zu verstehen waren. Doch in diesem Augenblick verstand er sie. Sie kündigten das Morgenlicht an. Das Göttliche hat keinen Mund. Aber die Vögel leihen ihm ihre Stimme. Es spricht durch sie. So hoch, dass wir uns erheben müssen, sie zu verstehen.

Nun waren es nicht mehr die Menschen, die aus den Hütten herausschauten, nun war es Orson Welles, der in die Hütten hineinschaute. Am Strand entlangging, stundenlang, seinen Kopf durch den Türrahmen steckte, den Frauen zusah, wie sie das Maniokmehl in Butter schwenkten, abwuschen, eine Kokosnuss aufschlugen. Die Männer verbrachten ihre freien Stunden auf der Jangada, selbst wenn sie im Sand stand. In ihrem Schatten spielten sie Karten, tranken *Cachaça*, um ihr Leben zu vergessen, nähten Seile, eines für den Anker, eines für das Segel, eines, um sich daran festzuhalten.

Orson Welles blieb tagelang unter den Fischern. Still und zurückhaltend. Wenn er sprach, dann mit Händen und Füßen, was viele zum Lachen brachte. Niemand machte Orson Welles einen Vorwurf. Die Menschen mochten ihn. Weil er sich ihnen öffnete. Das Licht konnte Jahrmillionen auf einen scheinen. Aber man würde es nicht erhalten, wenn man sich ihm nicht öffnete. Nun erhielt er es.

Nun war er in diesem leeren Raum, in dem Jacaré fehlte und da war. Nun hatte ihm jemand eine Frage gestellt. Was würde seine Antwort sein.

Ich will, dass ihr es genau so macht, wie es war. War vorbei.

Was kam jetzt?

*

Im Dunkeln hören wir das Dröhnen der Wellen. Wir sehen als Erstes den Himmel von Fortaleza, in Schwarzweiß, klein darunter das schon mächtige Strahlen der aufgehenden Sonne. Zwei Frauen laufen durch das Bild. Einer trägt einen Korb, andere Stämme auf ihren Schultern. Die Palmen erheben sich wie Alphabete. Wir sehen hier einen Anbeginn der Welt, eine unberührte Welt, und wir sprechen von Bildern, die ein halbes Jahrhundert verschollen waren. Die Josefina nie sah, Tatá nie sah, Mané Preto nie sah, Jerônimo nie sah, weil sie erst in einer Welt ohne sie wieder auftauchten. Nach 52 Jahren zum ersten Mal im Kino von Fortaleza gezeigt wurden. Die Männer holen die Baumstämme aus dem Meer. Wir hören das Klopfen, das Sägen. Wir sehen Hände, die arbeiten, rau sind wie die Rinde der Bäume. Ein weißes Segel liegt im Sand, jemand schreibt mit schwarzer Farbe »S. Pedro« darauf. Sie schieben die Jangadas hinaus. Die Frauen sitzen am Strand, häkeln, sticken, schauen den Männern zu, wie sie auf dem Wasser ihre Hände in die Luft werfen, unsichtbare Fäden daran, als würden sie tanzen mit den Fischen, die sie fangen. Eine Welt in Frieden, Gleichklang und Rhythmus. Bis zum Teilen der Fische im Sand, dem alle beistehen wie einer Trauerfeier.

Wir sehen ein Mädchen, ihr Gesicht offen und strahlend wie eine Sonne. Sie heißt Francisca, wäscht Leinentücher. Sie ist aus dem Dorf, dreizehn Jahre alt und kennt keine Filme. Ein Junge kommt zu ihr, sie reden miteinander. Man weiß nicht, was sie reden, aber man weiß, wie sie sich ansehen. Der Junge ist Sobrinho, ein Cousin von Jerônimo. Er klettert auf eine Palme – das

Mädchen bangt und bewundert ihn –, holt große Palmblätter für das Dach ihrer Hütte. Sie heiraten, leben ihr junges einfaches Glück, als geschieht, was jeder Jangadeiro fürchtet. Fünfzig Meter vor dem Strand dreht sich die Jangada, vor den Augen der Frauen.

Alle Fischer auf den umliegenden Flößen springen ins Wasser, tauchen nach ihrem Gefährten – doch dann ist es Mané Preto, der zu Francisca geht, seinen Hut abnimmt, ihr sagt, dass sie ihn nicht finden konnten. Das Dorf als Einheit im Hintergrund. Das Gesicht der hundertjährigen Großmutter, jede Falte ein verschwundener Jangadeiro. Das Gesicht der jungen Witwe, deren Augen den Verlust noch nicht kennen. Es sind diese Gesichter, die Orson Welles von unten filmt, im Sand eingegraben, vor denen er sich kleinmacht, aufschaut, die man nicht mehr vergisst.

Wir sehen ein etwa vierjähriges Mädchen, es klettert im Meer zwischen den Felsen herum, als es einen leblosen Körper im Wasser sieht. Sie weint und wirkt so verzweifelt, als hätte sie alle für immer verloren. Sie rennt an den Fischernetzen entlang den Strand hinauf. Über die Netze, durch die Netze. Das letzte Netz fällt hinter ihr herunter. Dann ist sie bei Francisca und der Großmutter, erzählt atemlos, was sie gesehen hat. Das Dorf läuft zum Strand, Francisca und die Fischer bergen den Körper, tragen ihn zur Siedlung hinauf.

Diese Menschen hatten noch nie in ihrem Leben eine Kamera gesehen. Sie hatten nichts darzustellen. Sie verbargen nur ihre Gefühle nicht. Demütig antwortete die Kamera. Das muss in den Tagen um den 19. Juni gewesen sein. Als die Menschen in der Kapelle *São Pedro* die Messe für Jacaré feierten, der nun einen Monat verschwunden war.

Verschwunden, damit müsse man sich abfinden, sagten die Ersten. Als wäre das Wissen genauso groß wie das Nichtwissen.

Er war nicht da. Weil er nirgends war, war er überall. Manche sahen sein Gesicht in der Dorfmenge, bei den Dreharbeiten, dann verschwand es wieder. Der Untergegangene, den man nicht findet, zieht als leidende Seele umher, erschreckt alle anderen Seelen, sagt man im Nordosten. Mestre Jerônimo erschien an einem Karfreitag eine Prozession von Untergegangenen. Sie schwammen in Reihen, still im Meer, ihre Augen weiß, ihre Körper silbern glänzend im dunklen Wasser.

Es war in diesen Tagen der Monatsmesse, als Orson Welles eine lange Kette von Menschen filmte. Sie gehen die Düne hinauf, unter ihnen das Meer. Ganz vorne tragen vier Männer den Leichnam, er liegt in einer Hängematte, festgebunden an zwei Hölzern. Wir hören den Wind, einen steten Trommelschlag, das Stakkato einer Rassel. Sie gehen hinauf, barfuß im Sand. In einer Reihe, die sich über die Düne wie eine Schlange windet. Alle mit gesenkten Köpfen. Alle mit verschränkten Armen. Jeder in seinem Körper. Aber auch ein Körper. Ein Gefühl. Eine Bewegung.

Der Zug von vorne. Jetzt sehen wir, es sind Jerônimo, Tatá, Mané Preto und ein vierter Jangadeiro, sie tragen die Hängematte. Jetzt wissen wir, darin liegt Sobrinho – aber es ist Jacaré. Er ist es, den sie beerdigen. Er ist es, um den sie weinen. Für den sie die Arme verschränken. Das, was in der Welt nicht geschehen konnte, gibt ihnen Orson Welles im Film. Und für einen Augenblick wird Orson sichtbar. Hinter all seinen Verkleidungen. In dieser Szene. Auf dieser Düne. Wir blicken zum ersten Mal in sein Herz. Indem wir in die Gesichter dieser Menschen schauen. Die Machtlosigkeit, die fast Trotz ist. Jedes Bild ein Hochhalten des menschlichen Gefühls, was es auch ausdrückt. Die Holzkreuze im Wind. Der Sand weht, Nadelstiche in den Waden. Wie sich die Menschen langsam dem Körper im ausgehobenen Grab nähern, wie überall auf der Welt, als müsste man Distanz halten. Von unten, aus den Augen des lebenden Toten, schauen wir auf drei

Frauen in einem Bild: Jacarés Mutter, seine Schwester, seine Nichte. Jerônimo, der die Augen schließt, Mané Preto, der fast ein Lächeln auf den Lippen trägt. Im Himmel die Wolken, weiß versammelt. Francisca blickt schräg zu ihnen hinauf. Jerônimo spricht mit ihr, er schluckt, macht eine Pause, spricht weiter. Wir sind nah an seinen Lippen, aber hören nicht, was er sagt.

Die Fischer versammeln sich im Schatten einer Palme. Die Männer stehen auf der Jangada, um die Jangada, reden mit ausufernden Gesten. Die Ungerechtigkeit, der Tod von Sobrinho, das unnötige Leid seiner Frau. In Stummbildern. Bis die Ersten nicken. Die Fahrt wird entschieden. Sie tun etwas so Einfaches. Sie riskieren ihr Leben für das Einfachste der Welt, das Recht, gleich zu sein. Sie schlagen nicht zurück. Sie opfern sich nicht. *Wenn dir einer auf die rechte Wange schlägt, halte ihm auch die linke hin.* Jacaré hatte das immer anders verstanden. Es hieß nicht, sich noch einmal schlagen zu lassen, es hieß, demjenigen, der einen schlug, die andere Seite zu zeigen, die andere Möglichkeit. Das war ihre Fahrt.

Vor dem Ablegen gehen Jerônimo, Mané Preto und Tatá zur Hütte der jungen Witwe, nehmen ihre Fischerhüte ab. Die *São Pedro* wartet einsam am Meer. Dahinter steht das ganze Dorf. Was geht in diesen Menschen vor, als sie sich noch einmal von ihren Jangadeiros verabschieden, während Jacaré verschwunden bleibt. Nachschauen, bis das Floß im weiten Grau verschwindet.

Wir sehen, wie die Jangadeiros tropfnass über die Wellen gleiten, eine Rast machen, klein wie Stecknadeln über eine Düne laufen, dahinter ein Berg Gewitterwolken. Auf Felsen schlafen. Wie sie in Recife eine Kolonialkirche betreten, verdeckt von einem Gerüst, sich darin bekreuzigen. Wir sehen ihre Arbeit auf der ewig launischen hohen See. Wir sehen Tatá, wie er kraftlos aus einem Lederbeutel Wasser trinkt. Den vierten Jangadeiro, gespielt von Izidro, dem Bruder von Jacaré, sehen wir kaum. Sein Gesicht bleibt im Schatten. Was uns sagen soll: Es ist Jacaré, der fährt.

Es ist seine Reise, seine Mission.

Er versinkt.
  Sie finden ihn.
  Sie beerdigen ihn.
  Sie fahren für ihn.
  Er ist wiederauferstanden.
  Er fährt.
  Das hat nichts mehr mit der Realität zu tun.
  Aber mit der Wahrheit.

Am Ende, als sie in die Bucht von Rio einbiegen, sehen wir den lachenden Jacaré. Die Bilder, die kurz vor seinem Verschwinden entstanden. Motorboote flankieren die Jangada auf ihren letzten Metern, ein kleines Flugzeug kreist über ihren Köpfen, junge Leute am Strand in Badehosen, Bikinis springen auf. Dahinter das Copacabana Palace. Jacaré wirft das Seil zum Anlegen. Die Menschen schütteln ihm die Hände. Ein drittes Mal erreicht er Rio. Einmal in Wirklichkeit, einmal bei den Dreharbeiten, einmal im Film. Jacaré ist da.

*

Am 20. Juli 1942, kurz vor Ende der Dreharbeiten, erschien in einer Zeitung von Rio die Anzeige eines amerikanischen Filmstudios. »Wir übernehmen keinerlei Verantwortung für jegliche Tätigkeit von Senhor Orson Welles in Brasilien«, hieß es darin. Unterzeichnet von der Produktionsleiterin. In seiner Abwesenheit hatten die Gerüchte laufen gelernt. Das Wunderkind galt nun als unzuverlässig und unberechenbar. Am 22. August kehrte der Regisseur zurück nach Amerika. Die neue Studioleitung gab ihm sechs Stunden Zeit, das Büro zu räumen. Die Bänder nahm man an sich. Man habe sie ins Meer geworfen, sagte Orson Welles einmal. Die Einfachheit, die Würde seiner Bilder. War nicht, was Amerika in jener Zeit haben wollte. War nicht, was Brasilien in jener Zeit haben wollte.

Wir wissen nicht, ob er seine Aufnahmen jemals gesehen hat. Die Filmrollen von »It's all true« kamen erst nach langer, langer Dunkelheit wieder ans Tageslicht, man fand sie zufällig, in einem alten Koffer, in einem Keller. Wenig später starb Orson Welles. Immer wieder versuchte er nach Jacarés Verschwinden, die Rechte an »It's all true« zu erwerben, für sein Recht zu sprechen – ohne Erfolg. Mehrere Jahre lang bekam er keine weiteren Aufträge als Filmemacher. Auch ihn hatte eine Welle mitgenommen. Und doch, er lebte.

Orson Welles begann seinen Weg ohne die Studios. Drehte seine eigenen Filme. *Schreib in deiner eigenen Sprache. Lern deine eigene Sprache kennen.* Wie schwer es auch war. Wie viel auch unvollendet blieb. Sagte er, was er zu sagen hatte. Josefina schickte er regelmäßig Geld nach Fortaleza, damit sie ihre neun Kinder durchbrachte.

*

Die Zeit geht vorbei. Sagt man. Als ginge sie an uns vorbei. Aber wir sind es doch, die vorbeigehen. An der Zeit. Josefina wartete jeden Tag. Am Fenster stand sie. Oftmals sah sie ihn, aber nie war er es. Am Meer stand sie. Schaute in die Ferne, wo die Erde sich krümmte, und ihre Augen wurden immer weiter.

Selbst wenn sie ihren Kindern auf der Strohmatte, beim Essen auf dem Boden, gegenübersaß, hatte sie nun diesen weiten Blick. Sie wartete fünf Jahre lang, bis sie, wie man sagt, an gebrochenem Herzen starb. An Liebe starb. An Warten starb. Sie lag auf ihrer Matratze und spürte, wie der Tod sich näherte, wie er an ihrem Laken zog. Sie dachte an die Stunde, in der ihr Leben nicht mehr ihres war. Als sie überfallen wurden, gefangen waren in der Scheune. Und ihr Sohn schlief über ihnen, in dem Zimmer. Er war über ihnen. Er war höher als das, was da geschah. Und Jacaré war nun unter ihnen. Im Meer. Unter ihnen. Aus irgendeinem Grund kam ihr der Gedanke, dass er deshalb auf dieselbe Weise beschützt war wie in jener Stunde ihr Sohn.

Sie bildeten einen Kreis um ihr Bettlager, die Kinder, ihre Schwestern mit den Männern. Eine von ihnen fragte Josefina, ob sie ihr eines ihrer Kinder geben würde, und Josefina antwortete ihr: »Meine Kinder gebe ich nur Gott«.

Bald darauf schloss sie die Augen.

Atmet sie noch.

Ihr ganzer Atem blieb in der Welt.

*

Hier endet die Geschichte. Fast.

Die Kinder. Blieben alleine zurück. Baiana, mit 15 Jahren die Älteste, kümmerte sich wie eine Mutter um die Kleineren. Verzichtete dafür selbst auf eine Familie. Pedro, drei Monate alt, als sein Vater starb, kam mit sechs Jahren zu einer Tante, noch weiter im Norden Brasiliens, fuhr jeden Tag mit den Fischern hinaus. Weinte, wenn er nicht mit aufs Meer durfte. Orson Welles schickte Geld auf ein Konto, Baiana ließ sich nur die Zinsen auszahlen, von denen sie lebten. Als sie später einmal das ganze Geld abheben wollte, reichte es nur noch für eine Nähmaschine. Ob jemand es gestohlen oder die Inflation es vernichtet hatte, weiß sie nicht. Heute leben alle, die noch leben, in Fortaleza, nah zusammen. Sie haben die kleine Statur und das helle Lachen von Jacaré. Berühren sich ständig gegenseitig, am Arm, an der Schulter, an den Händen, umarmen sich. Wenn sie reden, dann alle durcheinander, wie Kinder, die nie Eltern hatten, die sie zum Stillsein ermahnen konnten.

Jerônimo. Fuhr 1958 mit seiner Jangada bis nach Buenos Aires. Nach dem Regierungswechsel konnten sich die Jangadeiros weiter nur auf ihren Mut, nicht auf ihren Staat verlassen. Als er in Rio die Stelle passierte, an der Jacaré versunken war, betete er für seinen Freund. An einem düsteren Morgen im Jahr 1965 fuhr Jerônimo zum Fischen hinaus. Ein Schiff übersah die Jangada, sie zerbrach in zwei Teile. Jerônimo verschwand, reihte sich in die Prozession der Untergegangenen ein, die er einst im Meer schwimmen sah.

Tatá. Starb auf Asphalt. Im Alter von 83 Jahren wollte er in Fortaleza eine Straße überqueren, ein unaufmerksamer Autofahrer überfuhr ihn. Er hatte bis zum letzten Tag gefischt. Einmal, auf dem Meer, hatte Tatá etwas unheimlich Schweres am Haken. Er zog und zog und zog, mit aller Kraft. Aber es kam nichts nach oben. »Es war wahrscheinlich die Seele eines Fischers«, sagte seine Frau Celsa später in der Küche.

Mané Preto. Lebte und fischte am längsten. Er wurde über 90 Jahre alt und starb an Land.

Insel Cagarras. Die Vögel kreisen noch heute über dem Felsplateau, ein dunkler Heiligenschein, sie schreien, aber nicht weil sie Jacaré huldigen, der hoch oben auf dem Stein lebt. Nein, dort oben raschelt es leise, Zweige knacken, schwarzes Perlmutt windet sich durchs trockene Gebüsch. Die Insel ist voller Schlangen. Deshalb tun sich die Vögel zusammen: Die Schlangen fressen ihre Eier.

Jacaré. Inspirierte durch seine Fahrt viele weitere Fahrten, die Jangadeiros für ihre Rechte unternahmen. Jacaré hat ihren Weg bereitet. Gezeigt, welche Kraft in einer Reise wie dieser liegen kann. Und sei es die, zu existieren. Sichtbar zu sein.

Etwas spüren. Etwas sehen. Etwas wissen. War eine Sache. Aber es tun. Es wahr werden lassen. War eine andere.

»Dei o recado – Jacaré«

»Ich habe die Nachricht übermittelt – Jacaré«, stand auf eine Mauer in Rio gekritzelt. *Für alle ist der Tag ein neuer Tag in ihrem Leben. Für alle ist der Tag ein Tag weniger von ihrem Leben.* Notierte er in seinem Tagebuch.

Seht ihr, Jacaré war ein bescheidener Mann. Ein demütiger, wie man in unseren Breiten sagt. Er wusste von der unermesslichen Kraft im Universum, die jeden Tropfen, jedes Sandkorn, jeden Stern belebt. Er wusste, diese Kraft konnte nur ungestört durch ihn fließen, wenn er ihr folgte. Er fühlte sich winzig auf seinen sechs Baumstämmen im Meer: Das war das Tor, durch das die Kraft strömte. Dadurch war sie in ihm, nicht etwas Bedrohliches, das ihn umgab. Gott begann in ihm. Eben *weil* er größer war. Und deshalb glaube ich fest, dass er in Ruhe starb. Wie Josefina.

Wie ging Orson Welles mit der Vergangenheit um? Wenn ich die Augen schließe, habe ich ein Bild vor mir: Orson, neben ihm ein kleiner Mischlingshund, der immer wieder versucht, an ihm hochzuspringen. Ich glaube, das war die Vergangenheit für Orson Welles. Sie begleitete ihn, zerrte an seinem Hosenbein. Während andere ihre Vergangenheit in Ziehwägen mit sich schleppen, die immer schwerer, immer voller werden, bis die Menschen sie nicht mehr ziehen können, schließlich Lagerhallen anmieten müssen, um sie unterzubringen, war die Vergangenheit für ihn ein kleiner frecher Hund, der zu ihm hochspringen will. Und Welles brachte ihn mit »Sitz« und »Platz« zur Ruhe – und wenn sich das Hündchen mal gar nicht benehmen wollte, band er es zur Strafe vor einem Metzgergeschäft an. Orson Welles rettete seine Imagination, auf die er immer wieder zurückgreifen konnte. Das Geschenk seiner Kindheit. Aber für einen Augenblick hatte er die Wahrheit berührt.

»Die Realität ist die Zahnbürste, die zu Hause in einem Glas auf Sie wartet«, sagte Orson Welles in einem seiner letzten Filme. Die Realität ist die Form. Darin verborgen die Wahrheit. Sichtbar nur für die, die sie sehen wollen. Das Netz gibt es. Verbindet alle mit allem. Es liegt an uns, es zu berühren. Und das müssen wir, wollen wir nicht ewig auf dem dünnen Streifen Licht unter dem Fensterbrett auf- und abmarschieren. Das Ufer bloß von der anderen Seite sehen. Dem Anderen nur bis zum Augapfel begegnen. Uns selber nur erahnen wie die Sonne, die durch das dicke Wasser schwach zu uns auf den Meeresboden glimmt.

Meine Tochter hat mir vor kurzem eine Geschichte erzählt. Ich glaube, es war die von Kain und Abel, aber sie erzählte sie so: Es waren zwei Brüder, jeder hatte eine Herde Schafe. Eines Tages wollte ihr Vater, dass die Brüder ihr liebstes Schaf dem geben, der ihnen alles gegeben hatte. Der eine Bruder ärgerte sich, gab sein Schaf ins Feuer, sah der Flamme zu, die im Zickzackkurs aufstieg, und er schimpfte: »Na los, Flamme, geh schon nach oben.«

Der andere Bruder gab auch sein Schaf ins Feuer, die Tränen liefen ihm dabei herunter, er wischte sie nicht weg, und er betete für sein Schaf, als er es verbrannte, weil es sein liebstes war. Seine Flamme stieg gerade in den Himmel. Vertikal. Als wäre sie bereits oben angeschlossen.

Das ist das ganze Geheimnis dieser Geschichte, die ich euch erzählen wollte.

Ihr findet es in 47 Minuten Film, die euch der amerikanische Regisseur hinterlassen hat. Als er es nicht mehr machen wollte, wie es war. Sondern wie es ist. Wenn er in sein eigenes Herz schaut.

Orson weinte um sein Schaf. Orson betete für sein Schaf. Er starb am 10. Oktober 1985 in Los Angeles an einem Herzinfarkt. In seiner Nachttischschublade fand man einen vergilbten Zettel. Darauf stand ein Wort, das niemand kannte, das sich niemand erklären konnte. Es war in der Schrift eines Kindes geschrieben und lautete:

Arabaiana

*